小学館文庫

レストア家族

新美 健

小学館

目次

レストア家族

一話　分解整備（オーバーホール）

一

『――ほら、こんなとこで寝てたら、風邪をひきますよ』

女房に叱られた気がしたのだ。

はっと意識が覚醒した。

雄造（ゆうぞう）の厚ぼったい目蓋が、眼球からめちりと剝がれるように開く。すかさず、寝てないぞ、と不機嫌を偽装して誤魔化そうとしたが、

「――ねえ、ほら、二十五年ルールってあるでしょ？　アメリカのさ？　あの国は右ハンドル車が輸入できないからねえ」

などと、対面(トイメン)で来客の男がしゃべりまくっているだけであった。狭い事務所なのだ。なんとなく気配でもわかっていたが、肩のこわばりを揉(も)みほぐしながら、さりげなくあたりを見まわしてみた。

女房の姿は、ない。

あたりまえだ。

窓から差し込む春の陽気が心地よかった。

接客中にソファでうたた寝をしてしまったらしい。

背中が汗で蒸れている。数日前から、いきなり暑くなったせいだ。とはいえ、まだエアコンのスイッチをいれるほどでもなかった。

「でも、製造後二十五年が経(た)ったクルマなら輸入してもいいから、バブル期の日本車なんか、どんどんアメリカに流れてんの。映画やゲームの影響もあってさ——」

その映画とは、アメリカのハリウッド映画のことらしい。改造した日本車で若者が暴走する内容で、大ヒットしてシリーズ化もされたという。

——さて……最後に外で映画を観(み)たのはいつだ？

雄造は、遠い記憶を探ってみた。

が、もう何十年も昔のことだ。

ゲームのほうは、少しだけ知っていた。一時期、弟と息子が熱中していたからだ。世界のサーキットを舞台に、プレイヤーは好きなスポーツカーで一周のタイムを競い、あるいは集団でのレースを楽しむのだ。

なにが面白いのか、雄造にはわからなかった。

工場には実物がゴロゴロしてるのに、なにもゲームの中で偽物のクルマと偽物のコースを走らせることもないだろうに、と呆（あき）れるばかりだった。

八つ年下の弟は、最新テクノロジーで再現されたグラフィックの凄（すご）さがわからないのは年寄りの証拠だとバカにし、息子の秀一（しゅういち）は本物のマシンでアクセル全開にしたら警察に捕まるじゃないかと笑っていたが……。

そもそも、子供のころにはゲーム機で遊ぶ習慣はなかった。ファミコンが発売されてブームになったとき、すでに雄造は働いていたからだ。

「――アメリカでもランエボやインプレッサは珍しくないし、そもそも右ハンドルじゃ魅力も薄いじゃない？　だから、日産のGT-Rとかトヨタの80スープラが狙い目なの。ホンダなら国内限定生産のタイプRとかさ。九十年代の軽ターボ車や、なんでか最近は軽トラも人気がある。でも利益率を考えたら、やっぱりスカイラインでしょ？　GT-Rでしょ？」

まだ男はしゃべりつづけていた。

べらべらと。

よく動く口だった。

雄造は、喉の奥からせり出ようとするあくびをかみ殺した。

退屈な長話ほど眠気を誘われるものはない。

女房の気持ちが、またひとつわかった気がした。

家でクルマの話をすると、またカラスが鳴いてる、とよく聞き流されたものだ。雄造も意見を聞きたいわけではなく、言葉に出すことで頭の中を整理していただけだから、とくに腹も立たなかった。

それにしても——。

ガラが悪く、いかにも軽薄そうな客だ。

スキンヘッドに小汚いヒゲ。小狡そうな眼が落ちつきなく動いている。原色のシャツに、わざと色落ちさせたジーンズ。それなりの歳だろうが、ずいぶんと若くも見えた。左の耳たぶがネズミにかじられたように欠けている。

この男は、二十年落ちの日産スカイラインGT-Rで店の前に乗りつけてきた。エンジンをこれ見よがしに吹かして得意がっていた。

まず、それが気に入らなかった。

クルマは悪くない。

気に入らないのは、中古車の仲介取引業者（ブローカー）だということだ。

名前は忘れた。

男の名刺は机に置いたきりで、雄造は眼もくれていない。

ブローカーは店を構えず、ケイタイが一台あればできる。程度のいい中古車を見つけては、右から左へと転がして差額で儲（もう）ける商売だ。

「——二〇一四年に32のGT-Rが二十五年ルールを適用されたとき、どんと中古車相場が暴騰したの知ってるでしょ？　33Rも目敏（めざと）い業者に程度良好のブツが囲い込まれちゃったけど、二〇二四年には34Rが解禁よ。今のうちにタマ数を仕込んでおけば大儲け。だから、あんたにも手伝ってほしいんだよね。どう？　わかるでしょ？」

矢作（やはぎ）雄造は、〈ヤハギ自動車商会〉の社長である。

メインの仕事はクルマの定期点検と一般整備だ。鈑金（ばんきん）修理も手がけるが、塗装は外部の業者に任せている。

「ねえ、聞いてんの？」

雄造は、うなずいた。

壁の時計を見ると、まだ昼には間があった。

「あの34Rな」

「え？」

「エンジンをいじってるな。しかも、ひどく雑だ。部品(パーツ)のすり合わせもロクにできないボンクラ業者か？ それとも、素人(しろうと)がやったのか？」

ブローカーの男は、へえ、と軽薄に驚いてみせた。

「音だけでわかんの？ いや、そうなのよそうなのよ。だからこそ、ヤハギさんとこに持ってきたのよ。昔はチューニングもやってたんでしょ？」

「……誰から訊(き)いた？」

「〈アロー・スピード〉の社長さん。ずいぶん派手にやってたって聞いたよ」

雄造は舌打ちした。〈アロー・スピード〉は、クルマのチューニングと自作パーツを手がけている弟の店だった。

「改造車は、もうやめた。下手な業者のあとで手を入れると、かえって面倒な作業になることが多い。それから、あれは大きな事故もやってるな。塗装はキレイだが、ガワだけだ。車体が歪(ゆが)んでて、真っすぐ走らんだろ」

「いいんだ。いいんだよ」

男はひらひらと手をふった。

「エンジンなんてまわればいいさ。ちょろっと整備だけしてくれよ。ボディが歪んでたって、電子制御の賢い四駆なんだから、いくらでも誤魔化しはきくのさ」

雄造の眉間に、かすかな、しかし険しいシワが寄った。

いちいち人の神経を逆なでする男だ。

「誤魔化しはきくが、むこうの人間は飛ばすだろ。道がいいからな。いい加減な修理だと、かえって大きな事故を招く。だが、きっちり修理するには金もかかる」

初代スカイラインの登場は1957年。なんと雄造が生まれる前のことだ。現行の十三代目にあたるV37型まで、GT-Rのグレードを冠されたスカイラインは、国内レースシーンで数々の伝説を生み出してきた。

男が乗りつけてきた34Rは、ちょうど十代目にあたるモデルだ。1998年から2002年まで世紀を跨いで生産された。

エンジンは二・六リッターで、直列六気筒ターボの強心臓だ。四輪駆動の採用で高速コーナーでの安定した走りを実現し、進化した電子制御の恩恵もあって、チューニング次第では一〇〇〇馬力を絞り出すモンスターマシンに生まれ変わる。

とはいえ、製造終了して二十年だ。

年々、予備パーツの確保が困難になり、純正品は高騰の一途である。金型に税金がかかるようになって、部品製造の下請け会社がどんどん廃業しているからだ。

「だからさ、きっちり直すことはないの。走れりゃいいんだって。バカがクラッシュしたって、そりゃむこうの問題だよ。こっちは関係ねえもん」

「あんた、もう帰んな」

「なんだよ？　こっちは、あんたの腕を見込んできたんだよ？　せっかく、いい儲け話を持ってきたんじゃないかよ。たいして忙しくもないんだろ？　おれがきたとき、事務所でダラダラしてたんだから。なあ、暇なんだろ？」

暇ではない。

春先で、少し気怠いだけだった。

「……帰んな」

繰り返して、じっと男の顔を見据えた。

ようやく、男の眼に脅えの光が点灯した。

雄造は、これでも強面に見えるらしい。女房にはブルドッグと呼ばれ、息子からはマフィアとからかわれたことがある。が、ただのクルマ屋のオヤジにすぎない。

「社長ー、また休憩っすか？　こっちは朝から忙しいんすけど？」

隣の工場から、作業着姿の男が肩をいからせながらやってきた。

小牧敦（こまきあつし）という整備士だ。

坊主頭で、額は狭く、眉が薄い。三十歳になったばかりで、これでも主任整備士（メカニック）だ。

もっとも、社員は雄造を含めても四人しかいなかった。

「あ？　来客中ですか？」

小牧が横睨（にら）みすると、ブローカーの男は腰を浮かせた。目付きが悪いのは、花粉症のせいだが、それを威嚇（いかく）だと受けとったらしい。

「いや、もう帰るとこだ」

「あ……あとで後悔しても遅いぜ？　やりたいって業者はいくらでもいるんだからな」

中古車ブローカーは、気弱な捨て台詞（ぜりふ）を吐いて事務所から出ていった。

「あれ、いいんすか？」

「客じゃないからな」

「はあ、そっすか。んじゃあ、サニトラをリフトに上げたんでー、点検お願いしゃーす。明日、お客さんに引き渡しなんでー」

「わかった。茶を飲んだら、すぐいく」

「頼んますよ、ほんとに。この季節は忙しいんですから」

「わかったわかった」

しかし、小牧が工場に引き返しても、雄造はソファから動かなかった。

妙に、腰が、重いのだ。

春先は、どうにも手に余る。気圧の上下によって頭や身体のコンディションが激しく左右される年齢になってしまった。

腰のまわりに浮輪のような脂肪の層がたっぷりと乗っていた。医者にいわせれば、中年以降につく贅肉は衰えた筋肉の代用だという。重力でずり下がろうとする内臓を蓄積された脂肪の層で支えているのだ。

もう六十歳だ。

花見だ宴会だのと浮かれる性分ではない。

ただ、ただ、気怠いだけだった。

ふと喉の渇きを自覚した。しかし、自分で茶を淹れるのも面倒だ。第一、茶っ葉が切れているはずだ。冷蔵庫にも飲み物のストックはない。

まあいいさ。外には自販機がある。それでも、さらに立ち上がるのを先延ばしにしていると、ちん、とドアの呼び鈴が鳴った。

「あの……」

客がやってきたのだ。

水色のスーツを着た女だ。髪を引っ詰めにして、化粧は薄い。若い者の歳は読みにくいが、歳は三十をすぎたあたりだろうか。

見覚えのある顔だった。

「ああ……裕子さん」

思い出した。息子の元嫁だ。

昔は、ちゃん付けだった気がする。雄造の柄ではないが、家族なんだから、と女房に親しみを込めて呼べといわれたからだ。

裕子さん。

たしかに他人行儀だ。が、もはや他人であろう。

――いまさら、だ。

そんな思いが顔に出てしまったのか、

「たいへんご無沙汰しています」

裕子の寂しげな表情が、わずかに雄造の胸を刺した。

二

少年は、行儀よくしゃがみ込んでいた。

母は、工場と隣接している事務所に入っていった。その用事が済むまで、少し外で待っているようにいわれているのだ。

小学生の高学年だ。

やや背は低く、細身であった。ドラゴンズの野球帽をかぶり、ブルーのTシャツを着て、カーキ色のハーフパンツをはいていた。薄い背中を丸め、華奢（きゃしゃ）な肩を自分で抱き、交差させた腕のあいだに小さな顎先を乗せている。

少年は、工場の中を眺めているのだ。

子供特有の集中力で、じっと大人たちの作業を見つめていた。

灰色のクルマがジャッキに載せられて四つのタイヤを浮かせていた。その下に作業服を着た大人が足だけはみ出して潜り込んでいる。

他にも工場には何台かクルマが入っていた。角張っていたり、丸みを帯びていたり、きらきらした部品が多いクルマたちだ。町中で走っているクルマとは、どこかちがった形で、少年の眼には面白く映った。

「ほい、チェック終了」

　クルマの下から、男が這い出てきた。

「小牧、ベレットの右フェンダーは叩き出したぞ。そっちはどうだった？」

　工場の奥から、別の声がした。

「あ、気化器のオーバーフローでした。ぜんぶ分解して、クリーナーで掃除しときました。あと細かい調整は頼んます」

「かーっ、キャブくらい、てめえでいじれるようになれ。何年整備士やってんだ」

「いやあ、これ三連じゃないですか。セッティングが面倒で。ただのスカGなんだし、インジェクションに換えちまいましょうよ？」

「換えちまいましょうよ、じゃねえ。てめえのクルマじゃねえんだ。この客はキャブが好きなんだよ。セッティング出す自信がねえんだったら、社長に頼みな」

「自信がねえってわけじゃ……」

「うるせえ。素直に頼んでこいや」

「でも、社長、ずっと事務所にこもりっきりじゃねえっすか？」

「じゃあ、あとで頼みな」

「へい、わかりましたよ。んじゃ、お客さんが出ていくまで、ちょっと休憩してます。弘中(ひろなか)ぁ、外の自販機で缶コーヒー買ってこいよ」

「あー、いま手が離せないっす。自分でいってください」

そう答えたのは、工場の奥で機械を使っている女の人だった。少年の母親より若く、真っ赤な髪を逆立てていた。なにか作っているのか、機械の一部がうなりながら回転し、そこに部品を押し当ててさかんに火花を散らしている。

「恵(めぐみ)っ、てめえ新入りなんだから、パシリやれや」

「や、自販機はすぐそこっす。新入りもなにも、四人しかいないじゃねっすか」

「主任(チーフ)に口答えすんじゃねえ」

「あー、とにかく、忙しいっす」

「てめ、くそ……」

なにかつぶやきながら、男は工場から出てきた。作業帽を脱いで、汗で蒸れた頭をかきむしり、細い眼で眩(まぶ)しそうに空を睨んだ。

そして、しゃがみ込んでいる少年に気付いたのだ。

「近所のガキか？　仕事の邪魔だ。あっちいけよ。ほれっ」

足で蹴る真似(まね)をされ、少年はさっと逃げた。

工場の側面に隠れる。事務所とは反対側だ。

男は道路沿いの自販機で缶コーヒーを買うと、一気に飲み干して空き缶を捨て、だらだらと野良犬のような足取りで工場に戻っていった。

少年も、こっそりと戻りたかったが、また怒られるかもしれない。裏手から一周して、少し時間を置くことにした。

工場とフェンスのあいだには、古タイヤ、錆(さび)で赤茶けた金属板、割れたプラスチックなどが乱雑に積み上げられていた。

それらの隙間から雑草が生えている。手前のタイヤに爪先を乗せてみた。ぐらり、と揺れ、タイヤの中から汚水がこぼれた。が、なんとか渡れそうだ。次は金属の板だ。足を乗せると、べこ、とへこんだ。

フェンスと壁に手をついて、身体のバランスをとりながら次々と飛び渡っていく。ちょっとした冒険者気分だ。

なんとか裏手へ抜けた。

そこに、プレハブの倉庫があった。もう使われていないのか、見捨てられた廃屋特有の寂しさが漂っている。

さらに、その先には普通の民家がある。少年は、いつのまにか他人の庭先に忍び込んだような居心地の悪さを感じた。

そのまま通り抜けようとして、ふとプレハブの倉庫が気になった。

プラスチックのケースが横倒しになっている。それを踏み台にして、風雨にさらされて汚れきった窓から覗き込んだ。

よく見えなかったが――。

暗がりの中に、一台のクルマがあった。

可愛らしいクルマだ。丸みを帯びて、不思議な形をしていた。しかし、ボディの前が醜く砕け、フロントウィンドウも割れている。荒野の洞窟で、ひっそりと死にかけている動物を連想して、ぞく、と少年の背筋がふるえた。

なんとなく、怖いものを見てしまった気がした。

それでも、魅せられたように眼が離せなかった。

胸が締めつけられ、息が苦しかった。足が動かない。すくんでしまったようだ。額に、首筋に、背中に、腋の下に、たらりと汗が滴った。

見えているから怖いのだ。ぎゅっと眼を閉じてみた。

昔、工場裏の家に、少年は母と住んでいたらしい。八年前のことで、少年は四歳だった。ほとんど記憶には残っていない。

金属を叩く音、機械の唸(うな)る音。風が吹く。髪が揺れる。誰かに頭をなでられたような感触。大きくて、優しい、あれは誰の手だったのか……。

「悟(さとる)！」

名前を呼ばれた。

母が事務所から出てきたのだ。

記憶の呪縛が解けて、ふっと少年の身体は軽くなった。ケースの台から飛び降りると、元気よく工場の前へ駆け戻った。

「ああ、そんなとこにいたの」

少年を見つけ、母は安心したように表情をゆるめた。

「待たせてごめんね。さ、帰ろうか」

三

雄造は、まだ事務室でぼんやりしていた。

夏でも冬でも、吹きさらしの工場で働いてきた。ひたすらスパナを握ってきた。十八歳で自動車販売店(ディーラー)の整備士となり、三十歳で独立した。プレハブの整備工場で、自分の手を潤滑油（オイル）や燃焼滓（スラッジ）で汚してきた。

　とくに感慨はない。

　年寄りになったつもりはないが、体力は衰える一方だ。クルマと同じだ。歳相応に、年式なりに、心身ともに経年劣化がすすんでいるだけだった。

「社長よぅ、昼休みだぜ？」

　荒井鉄也（あらいてつや）が、テーブルに缶コーヒーを置いた。白く脱色した小猿のような顔が愛嬌（あいきょう）たっぷりに笑っている。ヤハギ自動車商会の最年長で、鈑金の名人であった。

　雄造より五つ年上だが、現役を引退する気はないらしい。小柄で、痩身ながら、ハンマーをふるいつづけた腕はいまでも硬く筋張っていた。

「眠そうだな。コーヒーでも飲んで、しゃきっとしな」

「ああ、ゴチになる」

　雄造は片手で拝み、缶コーヒーをもらった。

「弁当、ここで使うぜ」

　荒井は対面に腰を下ろし、古女房の手作り弁当をテーブルにひろげた。可愛らしい水筒も持参している。外した水筒のフタをカップにして、とぷとぷと茶を注（つ）いだ。

「他のふたりは？」

「小牧はコンビニに弁当買いにいったぜ。恵ちゃんは、いつものように家で食ってくるとよ。社長はどうすんだ？」

「カップ麺がある」

いまどきのカップ麺はメニューのバリエーションも豊富だ。ラーメン、うどん、ヤキソバ、台湾(タイワン)式やイタリア風など、味付けも選び放題である。

「その歳で独り身ってなあ、つれえな。学生のほうがマシなもん食ってるぜ」

「ふん……」

雄造は手を伸ばし、電気ケトルのスイッチを押した。

荒井が弁当を食べながら訊いてきた。

「なあ、さっきの客、裕子ちゃんだろ？」

「ああ……」

エアコンでもいれないかぎり、事務所と工場を隔てるドアは開けっぱなしではあるが、この鈑金名人の耳は歳相応を超越して達者なのだ。

「何年ぶりだい？」

「さあ……な」

おそらく、八年ぶりだ。

裕子は、雄造のひとり息子――秀一の嫁であった。子供を連れて実家に帰り、いまは旧姓の小池(こいけ)に戻っているはずだ。

「なんの用だったんだい？」

「うちで働きたいそうだ」

「へ？」

「わざわざ専門学校まで通って、整備士の資格をとってきたそうだ」

「なんでまた？」

「わからん」

困惑を隠せず、雄造も同じことを訊いたのだ。

「どうして、いまさらクルマ屋なんだかな」

お願いします――と。

裕子は、ただ頭を下げるばかりだった。

彼女は短大を卒業した直後に矢作家へ嫁いだ。そのときは、まだ娘らしさが抜け切っておらず、大人しい嫁だったという記憶しかない。いまは三十代の半ばあたりか。薄く化粧を施した顔には、さすがに生活の垢(あか)が滲(にじ)んでいた。

しかし、裕子の指先はオイルが沁みて黒ずんでいる。専業主婦の手ではなかった。作業がしやすいように、爪も短く切りそろえている。

本気なのだろう。

矢作家でいっしょに暮らしていたときも、雄造の女房から家事と経理を教えられて、健気なほどよく働いてくれていた。

真面目な性格なのだ。

だからこそ、いや、それでも——。

どうして、いまさらクルマ屋なのか？

「あれ？　たしかぁ……なあ、社長？　裕子ちゃんの実家ってな、ちょいと離れてたろ？　ここまでの通いはたいへんなんじゃねえか？」

「近くでアパートの部屋を借りたらしい」

「社長が雇うかどうか、まだわかんねえのにか？」

「うちで働けるまではレジのパートをやるそうだ」

「むこうの親御さんと喧嘩でもしたのかね？」

「そうじゃないようだが……」

「なんてえか、どうもわからねえな。子供はどうするのかねえ。ああ、だから、こっちに連れてきたのか。えーと、名前ぇ……なんつったっけ？」

「悟が？」

連れてきていたのか、と雄造は驚いた。

「おう、悟くんだ。裕子ちゃんがあんたと話してるあいだ、外でずっと工場を眺めてたぜ。子供には、あんなのが面白いのかね。今の時代は、ゲームだのなんだの、もっと楽しいもんがいっぱいあんだろうによ」

あのとき、まだ四歳だったはずだ。

小学生か。それとも、もう中学生になったのか。

「きてたのか……」

ならば、どうして事務所に入れなかったのか。可愛い孫を盾にして、雄造の情にとり入ろうとしたと思われたくなかったのか。

――子供を転校させてまで、なぜ整備士に？

ぷくり、ぷくり、と泡のように疑問が湧いては弾ける。

電気ケトルの湯が沸いた。

雄造は、キャビネットから備蓄のカップ麺を出した。

きつねうどんだ。蓋を開け、スープの粉を流し込み、湯をカップの規定ラインまで満たす。あとは待つだけだった。

　早メシが得意な荒井は、雄造がカップ麺と睨めっこしているあいだに弁当を食べ終えた。

「んで、うちで働くことになったのかい？」

「断った。人手は足りてる」

「足りてるっちゃ足りてらあな」

「ああ」

「でも、足りないっちゃ足りてねえ」

「どっちなんだ？」

「いやさ、社長、あんた次第だぜ」

「おれか？」

　荒井は、食後の茶を水筒から注いだ。

「仕事がガチャガチャと立て込んだときは、正直、ちょいとキツいときもあらあ。けど、まあまあ、なんとかなるもんさ。小牧もようやく一人前になってきたし、恵ちゃんもアレでちゃんと働いてくれるしな」

　小牧敦が入社してから、もう十年ほどになる。

高卒のヤンキー上がりで、整備士資格など持っていなかったが、当時は仕事も忙しく、素人(しろうと)の手でも借りたかったのだ。不器用でつまらない失敗も多かったが、いくら怒鳴られてもへこたれず、根性だけはあった。

弘中恵は、まだ二年目である。事務を募集してやってきた女の子だが、工業高校の出身で、じつは整備士志望であったらしい。

恵の出勤初日に、雄造と荒井は唖然(あぜん)とさせられた。

彼女はガソリンをぶっかけて着火したような赤髪に、鼻ピアスをしていたのだ。パンクとやらの音楽活動をやっているらしい。

結局、事務も兼任するという条件で折り合いをつけた。工業高校出身だけあって、旋盤など工作機械を器用に操り、パーツの加工は荒井も感心するほどの腕前だった。

髪の色は、たとえワインレッドでもレインボーでもかまわなかったが、鼻のピアスだけは外させた。工具の端に引っかけたり、機械の回転部に巻き込まれれば、鼻の肉が千切れる事故を招きかねないからだ。

荒井によれば、じつは臍(へそ)にもあるらしい。

弘中のピアスが、だ。

それは、それは、なんとも……。

えらいことである。

　――まあ、人の改造もクルマの改造も似たようなもんか。

　雄造は鼻を鳴らし、裕子の件から話をそらした。

「鉄さん、あのスカGは、どこまですすんでる？」

　三日前、軽自動車にぶつけられたという日産スカイラインGTで、小牧に修理を任せておいたものだ。

　三代目のスカイラインである。六十年代から七十年代にかけて生産された旧車だ。若い女の愛車にしては、じつにシブい好みだ。おシャレとは縁遠い武骨なデザインで、クラッチも重いが、ステアリングにもモーターのアシストはないのだ。

「おう、鈑金は済んだから、午後には塗装に出すぜ。小牧がキャブの調整が面倒だって、ぐだぐだいってたけどよ」

「そういえば、客の注文でウェバーの三連キャブに換えたばかりだったな」

　クルマは燃料を入れなければ走らない。燃料をガス状にしてシリンダーへ送り込み、点火で爆発させることでエンジンがまわる。

　現代車では、電子制御でシャワーのように燃料を噴出させるインジェクション装置になっているが、八十年代までは霧吹きの原理でガソリンを気体化させる古典的なキャブレター式が主流であった。

ヤハギに持ち込まれるクルマはキャブレター車も多く、小牧も扱いは慣れているはずだが、インジェクションのようにコンピューターでポンと設定できるわけではない。

――小牧じゃ、まだきれいにそろえるのは難しかったか。

十年前の雄造であれば、たかが三連キャブごときの同調に手こずる半端者にはスパナを投げてどやしつけていたであろう。

だが、いまは時代がちがう。

小牧が生まれたときには、すでにインジェクション式に移行しつつあったからだ。キャブレター式は、空気と燃料の比率をスクリューで調整し、細かいパーツを付け替えては試行錯誤を繰り返さなくてはならず、とにかく経験で学ぶしかなかった。

「わかった。あとで、みっちり教えとく」

そのとき、工場にスーパーカブが戻ってきた。

小牧がコンビニから帰ってきたのだ。

雄造は耳を澄ませた。

乾いたエンジン音に、かすかな異音が混ざっている。走行距離は十万キロを超えているから、そろそろカムチェーンが伸びているのだろう。

社用のカブも時間のあるときに調整させておく必要があった。原付とはいえ、工場で使っているものが整備不良では信用にかかわる。

「社長、話を戻すがな」

戻すのかい、と雄造は顔をしかめた。

「むこうからくる仕事をこなすだけだったら、なんとかならあ。でも、社長がもっと仕事をとってくりゃ、すぐにパンクするだろうぜ」

「おれの問題か？」

「そうだぜ。そりゃそうだろう。社長、だらけてんのか？」

「この季節は、だいたいこうだ」

雄造も自覚はしているのだ。

「それもそうだけど、なんてえか……」

荒井はもどかしそうに口を濁した。

「なあ、鉄さん」

「あ？　なんだよ？」

「六十歳ってのは、サラリーマンなら定年だよな」

「あん？　社長、隠居でも考えてんのか？」

「クルマいじりも、さんざん飽きるほどやってきた。クルマはクルマだ。それが、じゅうぶんわかった……てとこかな」

「飽きたのか？」

「かもしれん」

「じゃあ、この店はどうすんだ？」

「小牧がほしいといえば、くれてやってもいい。あれも独立していい歳だ。まだ工場の借金は残ってるがな」

「はぁ、らしくねえなあ」

「そうか？」

「ああ、らしくねえやな」

雄造は、ここで雑談を切り上げた。

そろそろカップ麺ができあがる頃合いだった。

四

本日の業務は終了だ。

工場のシャッターを下ろし、事務所に鍵をかけ、裏手の家へと帰った。

雄造は、ひとり暮らしだ。

女房の佳奈（かな）は三年前に亡くなった。

血液の癌（がん）だった。

わかったときには手遅れであった。

佳奈は台所で倒れたらしく、頭を打って血を流していた。昼を食べに帰った雄造が発見して、すぐに救急車で運ばれたが、半日後には病院で息を引きとった。

葬儀を済ませ、役所などの手続きを片づけると、誰もいない家の中で茫然（ぼうぜん）とした。

これからは自分で自分の世話をしなくてはならないのだ。

朝食はアンパンで済ませた。昼はインスタントで誤魔化すときもあれば、社員を連れて近所の食堂にいくときもある。夕食だけは、台所で簡単な料理を作る。この三年で、ずいぶんと包丁にも慣れてきたところだった。

今夜は物ぐさな気分だ。

独身には大きすぎる冷蔵庫を開いたが、食材は尽きていた。買い物も面倒だ。冷凍庫からラップで小分けして凍らせたご飯とギョウザを出した。

下手な手料理より、レトルトは安上がりだ。ひとり分なら、なおさらだ。しかも、昔より美味くなっているときている。

簡便で、安く、手軽に満足感を味わえる。

悪い時代ではないのだろう。

ご飯とギョウザを順番に電子レンジで解凍した。丼にご飯を放り込み、ギョウザを載せ、タレをかけ、台所でそのまま食べた。

丼とハシは、すぐに洗う。経験的に、あとでまとめて洗おうとすれば、それだけ億劫になって溜まる一方だからだ。

居間へ移った。

座イスに腰を落とし、電気ケトルのスイッチを押す。

湯呑みはテーブルに載っている。朝に茶を飲んで洗っていないが、腐るものでもあるまい。洗い物を増やさないため、茶はパックだ。

リモコンでテレビをつける。ニュースをやっていた。キャスターの声が神経に障り、テレビを消した。しばらく待つと、湯が沸いた。湯呑みに注ぐ。湯が淡い緑に染まったところで、ティーバッグのガラをゴミ箱に捨てた。

熱い茶を飲んだ。

味は悪くない。

飲み終えて、ほっと吐息を漏らした。これで、もうやることがなくなった。テレビは消したままだ。昔から沈黙は苦にならない。

ぼんやりしていると——。

昼間の一件が肚(はら)の底で再燃し、じわ、と怒りが燻(くすぶ)った。

中古車ブローカーの男に対してだ。

殴ってやればよかった。

二十年ほど若ければ、とっくにトルクレンチでぶん殴っていたかもしれない。十年前でも事務所から蹴り出していただろう。

しょうがない。こちらも六十歳の分別盛(ふんべつざか)りだ。

年々、感情と行動のあいだにラグが生じるようになった。

歳をとってからの筋肉痛と同じだ。

肉体の節々にクセがつき、始動するだけでもコツがいる。短く刈った髪には白髪が増え、骨太の身体も萎(しぼ)んだようだ。気落ちすることはない。くたびれたエンジンのように、ヤレた車体のように、クセやコツを理解した上で丁寧に扱えばいいのだ。

しだいに怒りは鎮まっていった。

この錯乱も春のせいなのだろう。

感情は気化したガソリンのようなものだ。爆発しやすく、無駄にまき散らしても不経済だ。若さとともに、無謀な熱が失われただけのこと。省エネの時代である。最近の自動車メーカーもカーボンニュートラルとやらを提言しているくらいだ。

「さて……」

とりたてて、寝るまでやることはない。

テーブルの上には、うっすらと埃が積もっている。掃除は一ヶ月に一度だ。神経質にならなければ、まだしばらく我慢できる。

風呂はどうするか。浴槽に湯を張るのはスイッチひとつだ。簡単なものだ。洗濯物もだいぶ溜まっているが、毎日着替えるわけではない。週末にまとめてやればいい。

日に日に物ぐさになる一方であった。

急いでやることがなければ、人は驚くほど暇になれるものだ。

煙草はやめた。

酒も呑まない。

昔から、仕事だけが生き甲斐だった。

自動車メーカーの販売店で修理工として働き、ひたすら腕を磨いてきた。若いころから、寝ても覚めてもクルマのことばかり考えていた。

メカニックとして一人前に認められると、販売店を辞めて独立を思い立った。

ヤハギ自動車商会の誕生だ。

貯金と銀行からの借金で、小さな修理工場を構えた。狂乱のバブル景気も弾けかけていたが、まだそれでも選ばなければ仕事はあった。遊び人を気取っていた弟に工場を手伝わせ、女房と子供を養える程度には稼げた。

一九九五年に、車検の規制緩和が施行された。そのタイミングで、弟の強い要望を受け入れて市販車の改造を手がけることになった。

不景気な時代となって、その停滞感と閉塞感が、そして未来への不安が、一気に自由度を高めたチューニング業界に発散の矛先をむけたのかもしれない。

ヤハギのチューンナップは「速くて、壊れない。値段もそこそこ」という評判が口コミでひろがり、走り屋や自動車雑誌に持(も)て囃(はや)された時期もあった。プレハブに毛が生えたような工場では手狭となり、また借金を背負って工場を増築した。

しかし、息子を失ってから、するりと雄造の熱意が抜け落ちた。

それでも仕事をつづけた。

だが、やんわりと流しはじめた。

チューンナップはやめて、一般整備と旧車の再生(レストア)が主な仕事だった。

皮肉にも、改造をやめてからのほうが店は上手くまわりはじめた。愛車の出力アップを求めるのは金のない若者だ。工賃のとりはぐれも多かった。レストアの世界は、子供が巣立って退職金と余暇を得た大人が、昔の夢や懐かしさを求めて金を払ってくれる。

たいして儲かりはしないが、とりあえず仕事はまわっている。社員の給料を払い、銀行からの借金も着々と返せていた。

悪くはない。

女房も亡くなって、いよいよ仕事への情熱は醒めた。荒井が隠居し、若いメカニックが独立したら、晴れて隠居生活だと考えていた。

となれば、なにもすることがない。

それが怖かった。だから、工具を手放せなかった。なんのための人生だったのか。寂寥感に襲われて震える夜もある。歳をとった。情けなかった。虚しかった。仕事は残した。たんまりと残したはずだ。

しかし、それでも……。

そんなとき、裕子があらわれた。

なぜ整備士になりたいと思ったのか、雄造にはさっぱり理解できなかった。

夏は暑く、冬は寒い。いつも油まみれで、汚く、むさ苦しい。ぼんやりしていると工作機械で怪我(けが)をすることもある。

3K上等。

男の職場なのだ。

事務仕事ならばともかく、女に整備士はむいていない。女が立ち入ると、仕事場の空気が浮つくからだ。ただ、いまは女の整備士も増えているとは聞いてはいる。妙な時代だ。それでも数は少ないのだろう。

整備工場で働く女性は、全体の約五パーセントだと聞く。整備士資格を持っている数ともなれば、三パーセントに減る。全国では約一万人ほどらしい。

裕子は市街地のお嬢さんだ。

世間知らずで、ぼんやりしていた。

そもそも、裕子は夫が改造車にのめり込むのを好んでいなかったはずだ。とくに子供を産んでからは、その傾向が強くなった。

「どうして、今になって……」

哀れな女だ。

秀一の死から、まだ自由になっていないのだ。

どうしようもないことだ。新しい伴侶を見つけ、新しい人生を見つけるしかない。

そうすれば、普通に幸せになれるかもしれない。

雄造が案ずることではないのかもしれない。

もう他所(よそ)の家の者なのだ。

そんな言い草を聞けば、アレは怒るだろうか。人は縁でむすばれるものだ。助け合って生きていくものだ、と。それが口癖の女房だった。

風呂の湯を沸かすため、よっこらと雄造は立ち上がった。

「……もうこないだろう……」

五

ところが、翌日も裕子は再訪したのだ。

用件は決まっている。

元義父は困惑した顔を隠せず、眠たげに眼を細めて裕子を見つめていた。

「……だから、どうして修理工なんだ？」

いまさら、と裕子には聞こえた。

身も縮む思いだ。

八年前に比べて、元義父の頬は痩け、砥石をかけたように荒れた肌はさらに色をくすませている。ずいぶん疲れているようだ。洗濯を面倒臭がっているのか、作業着の襟元から覗くシャツが薄汚れている。

どうして修理工に？

雇用主として、あたりまえの質問だ。

昨日の裕子は、それに答えられなかった。なぜか訊かれるとは思っていなかったからだ。元身内への甘えがあったのかもしれない。どんな理由を並べたところで、嘘をついているような後ろめたさもあった。

結局、素直な気持ちを答えた。

「クルマが大好きだった……あの人の気持ちを知りたくて……」

雄造は、押し黙った。

床を見つめ、しばらく考え込んでいた。

裕子の言葉を、どう受けとったのだろう。信じてくれたのか、白々しいと呆れたのか。その表情からは読みとれなかった。

機嫌がいいのか悪いのか、昔から表情を読みにくい義父だった。おやじは仕事以外に興味がないんだ、と夫はよく笑っていたが——。

裕子は、唇の内側を軽く嚙(か)んだ。

何度断られても、諦めるつもりはないのだ。

「……わかった。働いてもらおう」

裕子は眼を見開いた。

「ありがとうございます！」

「だが、まだ見習いだ」

「はい」

「給料は安いぞ」

「かまいません」

「やっていけるかどうか、まず二ヶ月ほど様子を見る。それでいいな？」

「はい！」

「仕事は教えるが、事務も兼任でやってもらう」

「わかりました」

元義父は、小さくかぶりをふり、白髪の増えた頭を右手でかいていた。

六

「……おい、これでよかったのか？」

家に帰ると、雄造は遺影に問いかけてみた。

写真立ての中で、佳奈は微笑（ほほえ）んでいる。猫のように眼が細く、いつも笑っているようだった。楽しいから笑ってるわけじゃないの。怒ってもしょうがないから、笑ってるだけよ。それが口癖だった。

三年前、葬儀屋が設置したままの祭壇だ。

何度も片づけようと考えるものの、日々の生活にかまけて物ぐさを重ねつづけるうちに、すっかり家具のような存在感さえ持ちはじめていた。

しばらく、このままでもいいか。

ふと気付いて、蠟燭（ろうそく）にライターで着火した。線香に蠟燭の火を移し、軽くふってから、香炉の灰に突き立てた。

ちぃん、とおりんを鳴らす。

手を合わせて拝んだ。

信心深いわけではなく、自分を感傷的だとは思ったこともない。人並みに世間体を気にする感性も習得した覚えはなかった。

ただ毎日の習慣として定着しているだけだが……。

「なあ……おまえは、おれに嫁いでどうだったんだ？　ええ？」

故人に語りかけるほど、雄造の困惑は極まっていた。

生前は相談などしたこともないくせに。

こんな男の面倒を何十年も見て、はたして女房は幸せだったのか？

佳奈の人生とは、なんだったのか？

遺品を整理して、衣類や下着、歯ブラシなどの日用品を破棄してしまうと、もう女房のものはなにもないことに気付いて驚いた。死期を悟ったとき、自分で始末したのかもしれないが、それにしても、残ったものが少なすぎた。

想(おも)い出(で)すら茫洋(ぼうよう)として、雄造は茫然とするしかなかった。

佳奈とは、修理工になって二年目か三年目に結婚したはずだ。雄造よりひとつ年上で、同じ自動車販売店の事務員として働いていた女だった。

佳奈は、それほどクルマが好きというわけではなかった。事務職一筋で、男どもが働く工場には足を踏み入れることなく、無愛想で口下手な夫の代わりに来客との無駄話に興じているのが好きな女だった。

きっかけは、なんだったのか……。

会社の新年会で、佳奈を家まで社用車で送ったことがある。

たしか、それだ。

あのとき、雄造は納期が迫った仕事を残していたため、適当に腹を満たしてから作業場に戻るつもりだった。もちろん、酒は呑んでいない。そのせいで、早めに帰る女性社員たちを送り届ける役目を押しつけられてしまったのだ。

三人を送り、最後のひとりが佳奈だった。

事務員の佳奈とは、それまで挨拶を交わすくらいの関係でしかなく、とくに会話はなかった。

佳奈は、少し酔っていたのだろう。

交差点で信号につかまったとき、雄造はやるべき作業の手順を頭の中で何度も確認していたが、佳奈はぽつりとつぶやいたのだ。

『雄造くんの整備したクルマって、やさしい音がするのね。なんというか、エンジンの音だけじゃなくて……なんとなく、やさしくて、安心できるっていうか……』

雄造の胸に、なぜかその言葉はするりと入り込んだ。

そして、気がついたときには、佳奈と結婚していた。

「いまさら……」

そう。

なにもかも、いまさらのことなのだ。

やさしい音？

どんな音だ？

そんなもの、とっくの昔に聞こえなくなっていた。

七

小牧敦は、朝から機嫌が悪かった。

この半月ほど、ずっとそうだった。

愛車を峠でスリップさせ、カーブに突っ込んで走行不能にしてしまった。おかげで、会社のスーパーカブを借りて出勤する毎日だ。自力で修理しようにも仕事が立て込んでいて手をつける暇もなかった。

しかし、それだけが原因ではない。

「いまどき、スーパーカブだってインジェクションの時代だってのに……」

　小牧は、朝から軽トラックのキャブレター調整に悪戦苦闘していた。

　昔のヤハギは、もっとクールな改造工場だった。高度なチューニングを施したかっこいいマシンが所狭しとガレージに並んでいた。三〇〇馬力も出ていないクルマはクルマじゃない。そんなかっとんだ世界だった。

　それが、いまは中古車ばかりをいじっている。十年落ちなら新しいほうで、五十年落ちの大古車も珍しくはなかった。

　この軽トラックも製造されて半世紀以上は経った骨董品だ。ホンダT360という軽自動車だった。以前、この工場でレストアした一台だが、定期メンテナンスで持ち込まれたものだった。

　軽自動車の規格が360ccであった時代の遺物で、エンジンは運転手の尻の下に搭載され、調整するにはシートをはねあげなくてはならなかった。

　悪戦苦闘の原因は、中型バイク並の排気量しかないくせに、キャブレターが四つも並んでいるせいだった。

　商用トラックの分際で、アルミ合金製の四気筒DOHCという高度なメカニズムが惜しげもなく組み込まれている。シリンダーごとにキャブレターがあり、四組をきれいに同調させなければならなかった。

超面倒だ。

狭い運転席に頭から突っ込み、根気よくちまちまとした作業をつづけるしかなかった。理不尽だ。六〇〇馬力のモンスターマシンをいじったことがある自分が、どうして新車当時でも三〇馬力しか出ないオモチャのようなエンジンと格闘しなくてはいけないのか……。

昔のキャブレターは、自然なフィーリングを楽しめる?

電子制御されたエンジンにはない味がある?

くだらねえ。

ただ時代遅れなだけじゃねえか!

気難しいエンジンは、社長が長年の経験でサクッとセッティングを決めていたが、そろそろ若手にも奥義を伝授すべきだと考えているのだろう。

だから、小牧も必死になって挑戦しているのだ。

だが、不機嫌の理由は、そこではない。

「溶接の要(かなめ)は、金属と金属をくっつけることだ。きれいに整えようなんて考えるな。慌てず、丁寧に、確実に。見た目より、がっちり接合するんだ」

「どこに、どのくらい負荷がかかるか、いつも頭ん中でイメージしておけ。いいな？」

「はい！」

「あ、はい」

社長が、小池裕子に仕事を教えているのだ。

小牧は舌打ちする。

裕子のことは、小牧も知っていた。

十年前は、社長の息子も生きていた。裕子は事務所で経理を手伝い、小汚い工場には足を踏み入れようとはしなかった。

――なんで、いまさら戻ってきたんだ？

真新しい作業着が目障りだった。

本人は懸命に働いているつもりでも、いまは雑用が中心だ。戦力外だ。社長は手が空くと、作業のコツを教えている。社長も歳をとって丸くなった。昔のように手際が悪い新人を怒鳴りつけることもない。

――んなことで、活きた技術が身に付くのかよ？

整備士学校まで出て、三十過ぎの女がなにやってんだ。

自慢じゃないが、こっちは高卒だ。

物覚えが悪い。作業が遅い。

社長やおやっさんに、さんざん怒鳴りつけられた。悔し涙を眼に浮かべながら、小牧は歯を食いしばってスパナを握ってきた。

腐ったボディを切断しているとき、飛び散った破片で顔から血を流しても、んなもんグリスでも塗っとけ、仕事の手は休めるな——で終わりだ。

小牧の神経を逆なでするように、もうひとりの女が声をかけてきた。

「小牧パイセン、消音器（マフラー）の修理できたっす」

「おう」

「あー、そのキャブのセッティングに時間かかるんだった、排ガスがくせーんで、外でやってもらっていいっすか？」

誰がパイセンだ！　せめて先輩と呼べ。

生意気な新人は、このパンク女だけで充分だった。

——女はミスしても怒られないから得だな。

——仕事の邪魔だけはしないでもらいてえな。

小牧は、そんな嫌味をいったこともある。

それでも、裕子は黙って働く。

陰気な女だ。

新人いじめの自覚があるだけに後味が悪く、こちらが大幅に損をした気分だ。

裕子が使っている新品工具の光沢さえ癪に障る。

子供が工場の前をうろちょろするのも目障りだ。

社長の孫を利用して、工場を乗っとるつもりなのか？

事務所の手前で、雄造と荒井が話していたことを盗み聞きしたことがあった。そうとも。工場を継げるとすれば、おれしかいない。社長が隠居すれば、この会社が自分のものになる。長年の苦労が報われて、ついに後継者として認められたのだ。

――そうなりゃ、もう古臭いだけのクルマなんかやめだ！

昔の華々しかった時代のヤハギに立ち戻って、硬派なスポーツカーのチューニングを徹底的に極めてやるつもりだった。

小牧の耳が、心地いい排気音をとらえた。

顔を上げ、ふり返る。

工場の前に、派手な空力パーツで武装したヤリスがやってきた。

トヨタが世界ラリー選手権で勝つために開発したコンパクトカーで、一・五リットルの三気筒ＤＯＨＣエンジンを積んでいる。社外パーツのマフラーが、猛獣のようにゴロゴロと低くうなっていた。エンジン本体も高度なチューンナップを施されているはずだ。

誰がハンドルを握っているのか――。

「敬司(けいじ)さん！」

小牧の声がコゾーのように弾んだ。


バタバタしているときにかぎって、いやな来訪者があるものだ。

「よお、あいかわらず錆(さび)くせえ工場だな」

矢作敬司は、嘲りで口元を歪めた。

雄造の八つ年下の弟である。

歳のわりには細身の体型を維持しているほうだ。ゆったりした赤シャツにジーンズ。髪は脱色し、サングラスをかけていた。若作りのしすぎだとは思うが、昔はどうしようもない遊び人で、いまだにその気分が抜けていないのだろう。

「うるさいクルマだ。車検は通ってるのか？」

事務所で、雄造はうんざりした顔を隠さなかった。

客ではないから、茶を出す気にもなれない。

「通ってるさ。違法なパーツなんざ、ひとつも使ってねえよ。車検の規制が緩和されて、何十年経ったと思ってんだ？」

敬司もクルマ屋だった。国産車のチューニングを得意として、クルマ雑誌にもデモカーが紹介されるほど業界でも名が売れている。

兄の雄造より商売のセンスがあり、ずいぶんと羽振りもよさそうだった。

「兄貴だって、さんざんチューニングで儲けたじゃねえか」

「このあいだ、34Rの客がきたぞ」

「ああ、あのアホだろう？　きたの？　ははっ、ひどい34Rだったろ？　面倒だから、そっちにまわしてやったんだ。引き受けたのか？」

「いや、追い返した」

「なんだ、せっかく紹介してやったのによ。ちらっと覗いてみたけど、いま工場に入ってるクルマは骨董品ばかりじゃねえか」

「大きなお世話だ」

「でもな、おれがここを出てから、ずいぶん社員も減ったよな？」

「おかげで、ゆっくりやらせてもらっている」

「はっ、兄貴も皮肉を転がすようになったか。進歩だな」

敬司はせせら笑った。

「だけど、おれを恨むのは筋違いだぜ？　みんな、秀一が死んだってだけでチューニングから足を洗った腑抜(ふぬ)けのあんたを見捨てただけだ」

敬司は独立するときに、整備士のほとんどを引き抜いていったのだ。

雄造はかぶりをふった。

「皮肉でもないし、恨んでもいない。おかげで、納得いくまで一台ずつクルマとむきあえる余裕ができたというだけだ」

「へえ？　そうなのかい？」

敬司は信じていないようだ。

「で、なんの用だ？」

「わかってんだろ？　おれの目的は、秀一のヨタハチだよ。兄貴のことだから、まだスクラップにはしてないはずだ」

「だったら、どうなんだ？」

「いい加減、おれに売れよ」

「買ってどうする？」

「きっちり直してやるさ。んで、とっとと売っ払う。新車より、ぱりっとさせてな。

こっちも、それが商売だからな」

「事故った改造車だ」

「知ってるよ」

「手間をかけて直したところで、たいした利益にならん」

「倉庫で眠らせておくよりはいい。クルマは美術品じゃねえ。それが兄貴の口癖だったじゃねえか。なあ、新しいオーナーに乗ってもらったほうが、クルマにとっても幸せだろう？　秀一の供養にもなるんじゃねえか？」

「帰れ」

「おれは諦めないからな。義姉(ねえ)さんが亡くなって、すっかり気力も萎えてるって聞いたぜ？　工場を畳む気になったんなら、いつでも連絡してくれよな」

敬司は帰ろうとして、ふとガレージへ眼をむけた。

裕子が出入り口に立っていたのだ。

「あ？　ああ、あんたは……」

敬司の口元から、薄ら笑いが消えた。裕子のことを思い出した声だ。彼女の作業着姿に気付き、眉間にシワを寄せた。

「あんた、戻ってきたのか？」

裕子はうつむき、それに答えなかった。

敬司は、舌打ちを残して事務所を出ていった。

しばらくして、ヤリスの獰猛なエンジンが再始動すると、あてつけのように激しくタイヤを鳴らしながら走り去っていった。

雄造は遠ざかっていく快音に聞き惚れた。

「ふん、よく整備してやがる」

「あの人のクルマ……まだ残っているんですか……？」

裕子は、さっきの会話を聞いていたらしい。

その眼が妙に光っている。

「いいから、仕事に戻るんだ」

疎ましさが胸に灯り、雄造は背をむけた。

裕子の気配がガレージへと戻った。

これでよかったのか、と佳奈に聞いてみたかった。怒るのか、喜ぶのか、あるいはお人好しと笑うか、雄造には見当もつかなかった。

生きている人間でさえ、どれほど長く付き合ってもわからないのだ。

八

裕子はいったんアパートに帰宅したが、息子に食事を摂らせてから、こっそり深夜のヤハギ自動車商会へと戻っていた。

事務所の電気は消えている。

工場のシャッターも降りていた。今夜は誰も居残っていない。念のため、矢作家の灯りはついていることも確認した。

月明かりを頼りに、庭先をかすめて裏手の倉庫に辿り着いた。

車二台分しかない小さなプレハブ建築だ。雄造がディーラーから独立したとき、ここを最初の作業場にしていたという。

現在の工場を建ててからは、亡き夫の専用ガレージになっていたが、いまはシャッターも錆びついている。女の力では開けようとしてもびくともしないだろうし、それでは人に気付かれるほど大きな音をたててしまう。

しかたなく、横のドアから入ることにした。

鍵は事務所から持ち出していた。キャビネットの奥に、小学生の男の子が食べ切れなかった給食のパンを隠すように押し込められていたのだ。

簡素なドアは、きしみながらも開いた。

埃とカビの臭い。

古いオイルと饐(す)えたプラスチックの匂い。

月明かりが、ちょうど窓から差し込んでいる。思いのほか倉庫の中は整然としていた。普段、誰も出入りしていないのだろう。

そして、銀色のクルマが――。

二人乗りで、屋根が外れている。

スポーツカーなのだ。

柔らかな卵を横に倒し、上から潰して、前後に引き伸ばしたようなデザインだ。とても昔の日本車とは思えないほどボディは優しい丸みを帯びている。サイズもコンパクトで、軽自動車より少しだけ大きいくらいである。

六八年式のトヨタ・スポーツ８００というクルマだ。

夫は〈ヨタハチ〉の愛称で呼んでいた。

裕子は、壁のツール棚にかかっていたハンマーを手にとった。あえて、そのまま遺(のこ)してくれたのだろう。これも夫の遺品だった。

指の関節が白くなるほど強く握る。

道具は優しく扱うものだ、と整備士学校では教わった。だが、直すのではない。壊すのだ。力をゆるめることはできなかった。

『なあ、改造車っていうと響きが悪いけど、チューニングってのはクルマの持ち主が幸せになるためにあるんだよ』

幼い悟をあやしながら、夫はそんなことを話してくれた。

五年間の夫婦生活は、おおむね幸せだった。

夫は優しく、義理の両親もいい人たちだ。

不満があるとすれば、夫が、このクルマを溺愛していたことだ。その日の仕事が終わると、夕食後にコツコツと改造に熱中していた。

裕子が嫉妬を覚えるほどの愛情を注いでいた。

この古くて小さなスポーツカーに、現代でも通用するパワーを与えたい、と眼を輝かせていた。車体を補強し、馬力のあるエンジンに載せ替えていた。夫が危ない遊びをしているような気がしてならなかった。

不満というより――。

不安であったのかも。

作業が一段落するたび、夫は小一時間ほど走ってくるのが常だった。

夜のドライブなら、わたしも連れていってと甘えてせがんだ。危ないからダメだ、と夫は優しく微笑む。ヨタハチは二人乗りだ。子供を残したら寂しがるだろ、と。わからなかった。つまらなかった。

こんな生活をするために、この人と結婚したのだろうか……。

あの夜も、夫は走りにいったのだ。

台所の片づけを終えてから、悟がちゃんと寝ているか部屋を覗きにいった。悟の姿はなかった。家の中にはいなかった。あわてて外を捜すと、夫のガレージに潜り込んでいるのを見つけた。小さな瞳で、父親の仕事を眺めていた。

ほっとした。

危ないでしょ、と裕子が怖い顔をして叱ると、悟はびっくりして泣き出した。夫は苦笑し、作業の手を止めて息子をあやしてくれたのだ。

優しい人だった。

でも、わからなかった。

走るだけなら、改造なんてしなくてもいいはずだ。必要もないのに馬力を上げるなんて、洗濯機のモーターを無意味に大きくするようなものだ。煩（うるさ）くなり、振動も大きくなる。使い勝手は、かえって悪くなるはずだった。

反社会的で、危険なだけの暴走行為。

止めればよかったのか。

泣いてすがればよかったのか。

夫婦のあいだに亀裂が入りそうで、それもできなかった。どうすればよかったのか。

どうすれば夫は死ななかったのか。

失うことが怖くて、自分を誤魔化していた。

でも、クルマが夫を奪った。

夫の夢が、幸せな未来を奪った。

愛車の試走中に、夫は事故を起こした。

夫が悪いのではない。警察の検証でも、それほどスピードは出ていなかったという。道路に人が飛び出したのだ。とっさに夫は避けたが、道幅は狭く、雨に濡れて路面が滑りやすかった。道路の縁石に乗り上げ、陸橋交差点の柱に衝突した。

夫は、どこかで頭を打ったらしい。

当たり所が悪かったのか、救急車に乗せられるまで、ぼんやりと意識は残っていたようだが、搬送中に脳内出血で死んでしまった。

「……こんなもの！」

ハンマーをふり上げた。

いまさら——。

これが夫を奪ったクルマへの復讐になるのか——。

「あ……」

月明かりが、青白く運転席を照らしていた。

ハンドルに巻かれた革がめくれていた。隙間から、なにかが覗いていた。紙の角が、つん、と反り返っている。なんとなく、手が伸びた。指でつまみ、軽く引っぱっただけで、劣化しきった革がぷつりと千切れた。

ハンドルに、紙切れが差し込んであったのだ。

震える指先で、それを開いた。

小さな紙に、色鉛筆で落書きが描いてあった。

拙い線が、卵のような形を作っている。幼い絵だ。見覚えがあった。悟が描いたのだ。これでは、クルマだとはわからないだろう。しかし、秀一にはわかったのだ。よほど嬉しかったのだろう。紙にはプリクラまで貼ってあった。妻と息子のプリクラだ。

ハンマーの柄から、夫のぬくもりが伝わった気がした。

力が抜け、滑り落ちた。

ハンマーは床に落ちて転がった。

裕子は、すすり泣いた。

「おかしな時間に人がいると思えば……」

後ろから雄造の声がした。

裕子はふり返らなかった。

「で、どうする？　そいつをスクラップにするか？」

「いえ……」

この車は、夫の遺品なのだ。

破壊することなど、もうできなかった。

「お願いです。わたしに……このクルマを直させてください」

「直す？」

「このクルマは、あの人の夢でした」

夫が亡くなったことで、裕子は悟を連れて実家に帰った。

想い出から逃げたのだ。悲しみから逃げ出したのだ。

戻って一週間は、引っ越しの作業や役所の手続きなどで忙しかった。

次の数ヶ月は、ただぼうっとしていた。

たゆまなく流る去る日々が現実を受け入れさせ、心と身体が動きはじめるようになると家事の手伝いで気を紛らわせた。

悟が小学校へ通う歳（とし）になると、パートで働くことにした。ショッピングセンターのレジ打ちだ。今後の生活費と教育費を稼がなくてはならず、新しい環境に身を置くことで気分を前向きに変えたかったのだ。

三年目で、寂しさを少し忘れることができた。

四年目になると、夫のことはときどきしか思い出さなくなった。

――嘘だ。

忘れられるはずがなかった。

必死に働くことで、あの人を忘れようとしただけだ。時間ができて気を抜くと、記憶と感情があふれて動けなくなってしまう。

だから、心を鈍くした。石のように硬くした。

しだいに、あらゆる音が煩わしくなってきた。人の声が、うるさかった。音楽やテレビドラマも楽しめなくなった。感情を揺さぶられることが辛かった。意味のある言葉を耳に入れたくなかった。

眼と耳を閉じれば、とても楽だった。

外からの刺激を拒むと、コミュニケーションが難しくなった。対人関係にも支障が出るようになり、パートを辞めることになった。

実家の両親は、それを咎めなかった。黙って見守ってくれた。しかし、心配をかけていることは自覚していた。肉親の優しさが、かえって息苦しく、だめな自分が辛かった。なにが悪かったのか。このままでは壊れてしまいそうだ。誰が悪いというのか。わからない。どうしていいのか、わからなかった。

それでも生きていくしかなかった。

冬になった。

箪笥の中身を整理していると、古びたジャケットが出てきた。丈夫な革製で、背中に〈ＹＡＨＡＧＩ〉とロゴが入っている。夫の愛用品で、形見としてもらったものだった。

捨ててしまおうか、と裕子はしばらく悩んだ。

結局、捨てられはしなかった。

薄汚れているが、どこも破れていない。表面に浮いたカビもクリーナーで磨けばきれいになるはずだ。悟が大きくなったら、着てくれるかもしれない。

なんとなく、そのジャケットに袖を通してみた。窓の外は明るく、いい天気だった。ひさしぶりに散歩をしたくなり、気がつくと前に働いていたショッピングセンターの駐車場まで歩いていた。

そのとき、ある音が鼓膜に届いたのだ。

心の耳を閉ざしていたのに、驚くほどクリアに聞こえた。クルマの音だ。エンジンと排気の音だ。夫が手がけた改造車と同じ音だった。

クルマのオーナーは、眼鏡をかけた三十歳くらいの男であった。エンジンの調子が悪いのか、アクセルを吹かしては首をひねっている。自分の愛車をじっと見つめている女に気付き、気味悪そうに顔をしかめたが、裕子の着ているジャケットが眼に入って無邪気な笑顔になった。

『あ、それ、ヤハギのチームジャケットですよね。懐かしいなあ』

どう答えたのか、裕子は覚えていない。

ただ、ふいに涙があふれたことは記憶に残っている。

さぞや男も驚いたことだろう。

裕子の世界に音が戻ってきた。鮮烈な感情が戻ってきた。自分はなにを忘れようとしていたのか。あの人のなにを知っていたのか。なにも知らなかったのではないか。

知らないままに忘れてしまってもいいのか。

自分でも戸惑うほど、激しい感情が沸き起こったのだ。

まさに、そんなとき――。

「お義母さんが、わたしに会いにきてくれたんです」

「佳奈のやつが？」

「まだ秀一さんのことが忘れられないのなら、いっそクルマに触れてみたらどうかって……整備士学校まで紹介してくれて……」

「そうか」

雄造は、しばらく黙っていた。

「だから、戻ってきたのか？」

「はい」

「悟は、どうなんだ？」

「小さかったせいか、あの夜のことはあまり覚えていないようです」

「そのほうが、よかったのかもしれんな」

「ええ……」

「まあ、好きにしろ」

雄造は、ぶっきらぼうに許可した。

「……ありがとうございます」

男の人の夢は、まだわからない。

でも、夫の愛したクルマを直すことで、あの人の夢に触れ、いつかは理解したかった。悟のためにも、そうしたかった。

裕子を帰したあと、雄造も家に戻った。

「な？　裕子ちゃん、きてたろ？」

居間では、荒井が冷や酒を呑んでいた。

ときどき、一人暮らしも寂しいだろう、と大きな世話を並べて家に上がってくるのだ。酒と肴(さかな)を持参してくるから、雄造も文句はつけなかった。

雄造は、返事もせず座イスに腰を落とした。

「んで、どうだったよ？」

「ああ……裕子は帰った」

荒井が、雄造の湯呑みに冷酒を注いだ。

晩酌の習慣はなくなったが、たしかに今夜は呑みたい気分だ。

「それだけかい？」

「それだけだ」

甘辛い味噌をつけた焼き茄子を口に放り込んだ。

「……美味いな」

この鈑金名人は、古女房がいるくせに料理の心得がある。勝手に台所を使い、肉や野菜を手際よく切り刻み、コンロで炒め、焼き、炙り、あっというまに肴をこしらえてしまった。

荒井は、ふへん、と鼻を鳴らした。

雄造は、ぐっ、と湯呑みの酒をあおった。口の中に芳香がひろがり、米の旨味とアルコールが喉を滑り落ちて胃の腑をぬくめる。呑みはじめると、勢いがついた。湯呑みを干すと、また荒井が酒を注いでくれた。

「もう三年か」

一人暮らしにも、ずいぶん慣れてきたところだ。

なんとなしに天井を見上げた。

ひさしぶりに、家の中をひろく感じた。

にや、と荒井は笑った。

「男の一人暮らしには、まあ、ひろいわな」

「ああ、ひろいな」

荒井家は、とっくに子供が巣立って、マンションで夫婦ふたり暮らしだ。年に何回かは息子たちが孫を連れて遊びにくるらしい。羨ましいと思ったことはなかったが、それはそれで悪くはなさそうだった。

ひさしぶりの酒で、もう酔っているのかもしれない。

クルマが好きで整備士になった。技術が身について一人前になり、好きなように仕事をしたくて独立した。金策や納期に追われ、しだいに情熱も磨り減っていく。心底うんざりし、憎んだことすらあった。

いまは、もうわからない。

人は若返らないが、あの熱気はとり戻せるのか？

とり戻す意味はあるのか？

いい仕事は、犠牲の上にしか成立しない。そう信じていた。世間の眼が厳しい改造車ともなれば、なおさらだ。犠牲を当然として生きてきた。

ひとつの仕事を突き詰めていくには、それを維持できる環境を作っていくしかない。

自分も、弟も、そうして生きてきた。

それだけのことだと思っていた。

しかし、その環境を支えてくれたのは、じつは女房であった。

女房が苦労をともにしてくれなければ、これほど好き放題な生き方はできなかった。

クルマしか頭にない男の商売など、とっくに潰れていたはずだ。

仕事は仕事だ。誰かに認めてもらいたい、と思ったことはなかった。女房がわかってくれていた。それだけで充分に満たされていた。

いまさら――それに気付いたのだ。

秀一が先立ち、女房までいなくなった。

矢作家は粉々になった。

クルマの骨組(シャーシ)みが折れ、タイヤが外れたようなものだ。

エンジンだけでは走れない。

若いころは、修理できないクルマはないと自惚(うぬぼ)れていた。どれほど壊れた事故車であっても、フェンダーの断片でも残っていれば再生できる、と。

人の心が修理できるはずがない。

壊れたモノは壊れたモノだ。神様じゃないんだ。完全な再生などできることではない。人生は修復できない。

ただ、とり繕うだけだ。
だが、女房は、失ったはずの娘と孫を、雄造のもとへ寄越してくれた。
感謝するべきなのか――あるいは余計なお世話だと――。
雄造にはわからなかった。
ただ、今夜の酒は、なぜか美味かった。
「……やってみるしかない」
無愛想な顔に、ぽつりと小さな笑みが灯った。

二話　再構築（リビルド）

一

裕子は、憂いを抱えて帰宅した。

小学校に呼び出され、息子の担任教師と面談してきたのだ。

工場の終業まで、まだ時間は残っている。

着替えるため、裕子は矢作家に上がった。

見習い扱いで、たいした給料は出せない。アパートを借りる金もバカにならんだろう、と雄造の厚意で、ふたたび同居することになったのだ。

その代わり、家事全般を頼む、と雄造は条件を出した。

裕子にとっては、願ったり叶（かな）ったりであった。

洗面所で化粧を落とすと、二階の六畳間でスーツを脱いだ。

かつて夫と寝起きした部屋だ。

ベッドや家具などは、まだ残されていた。ときどき義母が窓を開けて換気し、掃除もしていたと聞いている。ひさしぶりに入ったときには、三年分の埃がうっすらと積もっていたが、あとは当時のままであった。

まぶたの奥に熱が灯り、懐かしさはあったが、涙までは出なかった。

懐かしさも、悲しみも――。

年月が、人生の一部として馴染ませてくれたようだった。

結婚祝いで親から買ってもらった化粧台も部屋に残っていた。担任教師は女性だが、母親として恥ずかしくないよう、ひさしぶりに化粧台を使った。顔はメイクでどうにでもなるが、工業用石鹸で荒れた手は誤魔化せない。

女性教師も、ちらちらと裕子の手を見ていた気がする。もう主婦の手ではない。問題のある家庭だと思われなかっただろうか……。

さあ、仕事仕事！　気持ちを切り替えなくっちゃ！

両手で頬を張り、気合いを入れた。ようやく仕事に慣れてきたところだ。いまは少しでも働いてクルマのことを覚えたかった。

いそいで作業服に着替えた。

ここで着替えるしかないからだ。女性の整備士が珍しくない時代とはいえ、女子更衣室まで完備している工場は少ない。ましてや、ヤハギ自動車商会は小所帯である。もうひとりの女性、恵も作業服で出勤していた。

玄関にカギをかけ、家をあとにした。

工場からは作業音が聞こえるが、事務所には誰もいなかった。タイムカードを押して、ホワイトボードの作業表を確認してから、裕子も工場に移動した。

「あ……うっす」

トイレから出てくる恵と鉢合わせになったのだ。

「あ、どうも……」

先に挨拶されて、裕子はうろたえてしまった。

年齢はひとまわり下だが、むこうのほうが整備士として先輩である。それだけではなく、なんとなく苦手なタイプであった。

恵はハンカチを持っていないのか、作業服の裾で手をぬぐっている。

「仕事、いまからっすか？」

「はい、すみません。息子の先生に呼び出されて……」

「あ、問題ねぇっす」

愛想はよくないが、不機嫌なわけでもなさそうだ。言葉数は少なく、茫洋とした表情からは、なにを考えているか読みとりにくい。

「あの……」

「なんすか？」

「え、その……整備工場って、どこもトイレが男女共用みたいですね。あれ、なんとかしてもらいたいですね」

「ああ、そっすね」

恵は、そっけなく答えた。

「えっと……」

裕子は口ごもってしまった。

この娘は、ちょっと怖い。

眉が薄く、まぶたは一重。

しかも三白眼だった。

色白で、はっとするほど肌のキメが細かい。背は一五八センチの裕子より少し高く、スレンダーながら腕の筋肉などは裕子より引き締まっていた。バンド活動をしているらしく、髪を鮮やかな赤色に染めている。

同性というだけで、ほぼ共通点はない。

裕子は、優等生でもなく、かといって問題児でもなく、ごく普通に、ややぼんやりとした学生生活を経て大人になった。好きな音楽も流行しているものを楽しむだけで、とくにこだわりというものはなかった。

なにを話していいのか、まったくわからない。

育ってきた文化がちがうのだ。

「あ、あの……」

「なんすか？」

「クルマは、なにを乗ってるんですか？」

共通の話題といえば、クルマしか思いつかなかった。

「あ、ヴィヴィオっす」

「……スバルの？」

軽自動車であった。

もっと過激なクルマを想像していただけに、裕子には意外だった。もしかしたら、なにか特別な仕様なのかもしれないが、そこまではよくわからない。

「うぃっす。裕子さんのは？」

「いえ……自分のは、まだ……」

「そっすか。クルマあると便利っすよ。買い物とか」

「あ、ええ……」

裕子の頬が火照（ほて）った。

穴があったら入りたいほど恥ずかしかった。転校したてで友達を作りたくて焦っている小学生ではあるまいし、自分はなにをやっているのか……。

仕事に慣れて、同僚との親睦も大事だと気付いた。遅ればせながら、きちんとコミュニケーションをとるべきだと考えていた。

しかし、昔から人見知りするほうだ。積極的に友達を作ることは苦手だった。夫とは初対面のときに自分から話しかけたことが奇跡のようなものである。

整備士学校にも若い人はいたが、勉強に必死で親しく話す余裕などなかった。家の手伝いや子供の世話もあって、飲み会にも参加しなかった。クルマを学ぶために入学したのだ。友達を作るためではなかった。

沈黙がつづいてしまい、さらに裕子は焦った。へんなオバサンだと思われていないだろうか。それどころか、恵を苛立（いらだ）たせてしまったかもしれない。

「あー、ケツに……」

「えっ？」

裕子は驚いて顔を上げた。

「いや、お尻をね、じろじろ見てるんすよ」

「しゃ、社長ですか？」

とっさとはいえ、裕子はとんでもないことを口にしてしまった。

「社長じゃなくて、まあ、荒井のおやっさんでもないっすけど」

「じゃあ……」

「裕子さんの子供さんっす」

「は？」

「エロガキなんすかねえ」

「まさか……」

自分の息子のこととは思わなかった。

「そ、それは、失礼を、あの、あとで謝らせますから、その」

「あー、ちがうんす。そうじゃなくって……」

恵の口元が、わずかにゆがんだ。

照れ笑いのようだった。

「冗談っす」

「え……」

「まあ……自分、子供は苦手で……」

つまり、仕事の邪魔だというのだろう。

「すみません。邪魔しないようにさせますから」

「いや、いいっすよ」

素っ気なく、恵は答えた。

「つか、自分、よく子供に怖がられるんで」

「はあ……」

「そういや、裏のガレージで、あのクルマいじるんすか？　いいっすねえ。あれ、激シブっす。あたしも気になってたんすよ」

「はあ……」

「んじゃ、自分は仕事に戻るんで」

恵は、さっと工場に戻っていった。

「あ、はい」

裕子は、ほっと息を吐いた。

悪い娘ではないのだ。ただ自分のペースで生きているのだろう。物怖(ものお)じがなく、荒井に叱られても、あまり堪(こた)えている様子はなかった。

そのとき、裕子は気づいた。

学校から帰ってきた息子が、工場の中まで入っていたのだ。

悟はしゃがみ込んで、ダンボール箱を興味深げに覗き込んでいた。中にはクルマの壊れた部品をまとめて放り込んであるはずだ。

金属が鋭く欠けて、素手で触るには危ないものもあった。

注意しようとすると、その気配に気付いたのか、悟は顔をあげた。視線が合った。立ち上がって、家のほうへと消えていった。

「あ……」

逃げられた。

裕子の口から、母親の戸惑いが吐息となって漏れた。

なんとなく、途方に暮れてしまった。

小さなころからおとなしく、とくに手のかからない子供だったが、いよいよ難しい年ごろにさしかかったのかもしれない。

同僚どころか、息子の考えることさえわからなかった。

二

夕食後、先に悟を風呂に入らせた。

「問題児だったのか？」

雄造が訊くと、裕子は頼りなげに小首をかしげた。

「はあ、問題児というか……」

悟は、学校で友達がいないらしいのだ。

ううむ、と雄造はうなる。

考えてみればしかたのないことだ。小学校に通っているのは地元の子供ばかりだろう。少子化で、毎年クラス替えをやっているから、高学年になるころには同学年は誰もが顔なじみである。

そこへ、よそから転校生がきた。

クルマでたとえれば、ここに二基の同じエンジンがあるとする。新品ではない。もう何年も走りつづけで、内部の各パーツが馴染みきったエンジンだ。

そして、ひとつの部品を互いに交換するとする。同じ型のエンジンで、同じ形の部品であったとしても、いきなり馴染むはずがない。

人間の双子でも、別々の場所で生活すれば、個性に差が出るのと同じだ。

ドライバーの運転によって、車体やエンジンには癖が生じる。乱暴な運転をすれば、そういうクルマになる。丁寧な運転をすれば、それなりのクルマになる。適切な整備の有無によっても個体差が出てくるものだ。

ぽんと移植しただけで、いきなり全開走行などすれば、思わぬストレスをエンジンに与えてしまう。無理をすれば致命的な故障の原因にもなりかねない。

機械と同じで、人間関係もスリ合わせる時間の長さが重要なのだ。

しかしなあ、と雄造も小首をかしげる。

「子供ってのは、ほっといても友達になるもんじゃないかね」

「それは、そうなのかもしれませんが……」

担任の教師も、悟がクラスで馴染めるように気を遣ってくれたようだ。が、どうやら悟のほうで積極的に溶け込もうとしていないらしい。

このままでは孤立するばかりだと心配して、母親の裕子を学校へ呼んだのだ。

「孤立……なあ」

雄造は、孤独が悪いとも思わない。

それが寂しいかどうか――。

それは本人が決めることだ。

雄造の両親は共稼ぎをしていた。だから、あまり構われた記憶がない。そういうものだと思っていたから、不服も不満もなかった。

親に相談事などしたことすらなく、勝手に仕事を決めて、勝手に独立した。実家に戻るのは、正月と盆くらいだった。

「思うんだが……子供だからといって、友達を作らなくてはいけないというのは、大人の思い込みじゃないかね？」

群れることが正しいという考えは、大人の押しつけだろう。

「え……そうでしょうか？」

「子供にも、それぞれ個性がある。みんなで遊ぶのが好きなやつもいれば、ひとりのほうが気楽だって子もいるだろう」

雄造も友達は少なかった。

どちらかといえば、ひとりが好きだった。

そして、ひとり遊びでしか発見できないこともある、と知っていた。

なにかに興味を持ち、どうして興味を持ったのか、ひたすら考える。その結果、未来がひらけることもある。それが仕事になり、伴侶と出合うきっかけとなり、家族の生活を支える糧となることもあるのだ。

言葉に出せば、赤面してしまいそうなことだ。

しかし、個人的な体験による事実だ。

この歳になって、なんとなく思い至ることもあるのだ。若いころの沈黙とは、自分自身との対話だったのではないか、と。

なにしろ、悟は孫なのだ。

少しは自分と似たところがあるのかもしれない。

秀一とも似て、聡い顔つきをしている。

――そういえば、秀一が小さなころは……。

思い出そうとして、雄造は天井を見上げた。

父親として、自分は出来が悪い部類に入るのだろう。となれば、孫に対して良き祖父になれると考えるのは少々おこがましいのではないのか。

「あの……でも、それだけじゃないんです」

「……ん？」

「先生がいうには、その……」

「なにかね?」

「ときどき、うなることがあると」

「うなる?」

雄造は眉をひそめる。

「ええ、なんていうか、動物みたいに」

休み時間や授業中に、小さな声でうなる癖があるらしい。

本人は無意識でやっているのだ。

同じクラスの子供たちも気味悪がって、それが孤立の要因になっているが、担任教師も悟の複雑な家庭事情を知っているから強く注意できずにいるという。

それは――。

尋常ではない。

奇行といえば奇行なのだろう。

「前の学校では、どうだったんだ?」

「ええ、前の学校でもそうだったのかもしれません。テストの点数はよかったし、おとなしくて、あまり手がかからない子でしたから、つい安心して……わたしも忙しくて構ってあげられなくて……ずいぶん寂しい思いをさせていたのかも……」

「ああ……」

それは、そうなのだろう。

実家に戻っていたころは、パートで働きながら整備士学校にも通っていたのだ。子供の面倒は、老いた両親に任せっきりだったはずだ。

「考えてみたら、あたし、あの子の笑ってるところ……ずいぶん見てないなって……本当にダメな母親ですよね」

小娘のように、しゅんと裕子はうなだれた。

そういえば、雄造も孫の笑顔は見ていない。その事実にうろたえる。口数が少なく、もの静かな子供だとは思っていたが……。

男の子なのだ。

だから、そういうものだろうと軽く考えていた。

「……ダメということはないだろう」

慰めてみたが、雄造の言葉にも確信はこもっていない。

というより、秀一の子供時代をつらりつらりと思い出してみれば、思い当たることばかりで背中が冷ややかにこわばってきた。

放っておいても、子供は勝手に育つもの。

それは男側の思い込みなのか？

仕事にのめり込んで、なにも見ていなかっただけなのか？

夫婦ふたりで対処すべきであった子育ての問題を、男親の無神経な勘違いで女房に押しつけてきただけだったのではないのか？

充分にあり得ることだ。

そもそも、父親と母親では子供への接し方がちがう。顔を合わせる時間。交わす会話の数。なにもかもだ。

祖父と母親では、もっと差異があるだろう。

物言わぬ機械より、物言わぬ孫のほうが、はるかに扱いが難しい。いまさらだ。あたりまえだ。機械制御でも電子制御でもなく、生身の人間なのだ。初めて、孫のことを真剣に受け止めたような気がした。

雄造は、しばし茫然としていた。

「でも、男の子って、なにを考えてるのか……」

「まあ、しかし……あれだ」

まずは大人が落ち着くべきだった。

「おれだって、秀一の考えてることなんてわからなかった」

雄造に、子供との接し方などわからない。

考えたことすらなかった。

現代の子供なら、なおさらだ。

「弟のこともそうだ。あれとは、ずいぶん歳が離れてるからな。八つも差があれば、弟というよりも親戚の子みたいなもんだ。家の中で面倒をみた記憶なんかない。あいつが思春期のころ、こっちは外で働いていたからな」

「敬司さんが……」

裕子と秀一が結婚したとき、敬司は家を出て一人暮らしをしていた。

結婚式では挨拶をしたはずだ。そのときが初対面だったかもしれない。敬司はオイルで汚れた作業着姿で式に出て、裕子の両親や親戚から眉をひそめられていた。はやく工場に戻りたいのか、弟は苛立った顔をしていた。

——敬司は、裕子さんをどう思っていた？

クルマを速くすることしか頭にない弟だ。そもそも興味がなかったのだろう。昼も夜も別宅同然の工場に詰めていて、ほとんど矢作家には上がらなかった。

裕子は裕子で、事務を手伝うことはあっても、工場には入らなかった。縄張り意識の強い野生動物のような敬司を怖がっていたフシもある。

　ふたりが親しい親戚になれるはずもなかった。

　佳奈が亡くなったときも、ふたりは会っていない。雄造は身内だけで葬儀を済ませたため、裕子に連絡をとらなかったからだ。

　あのときは、矢作家を出ていった者を家族だとは思っていなかった――というより、思わぬ喪失感に茫然として、裕子と悟のことまでは気がまわらなかったのだ。現実に繋がる雑事が、途方もなく疎ましかった。

　いまでは、それを雄造は後悔していた。

　兄として、敬司に教えたいことは、いくらでもあった。クルマのことなら教えられる。さんざん教えたつもりだった。しかし、人は、ろくでもないことから憶えていく。自分は人にモノを教えるのが下手なのだろう。

「まあ、敬司のことはいい」

　話がズレている。

　悟のことなのだ。

「どこかに問題がある。クルマでもそうだ。いきなり走れなくなるなんてことはない。機械だって、ちゃんと耳を傾けてやれば、音や振動で必ず訴えているもんだ」

「はい……」
裕子はうなずき、じっと自分の手に視線を落としていた。
雄造は、眼を閉じた。
柄にもないことを並べている自覚はあった。話すのは不得手だ。冷ややかな背中の
こわばりは、いよいよ増すばかりであった。
雄造は眉間にシワを寄せ、クルマをいじるときのように神経を研ぎ澄ませた。
——おれに人の心がわかるのなら……。
まわりの人間を幸せにできたのか？
あの頭を撫でてやれば、少しは癒やされるのだろうか？
耳を澄ませれば、小さな心の悲鳴も聞こえるのだろうか？
だが、聞こえてきたのは、風呂から上がった悟の行儀のいい足音だけであった。

三

「へっ、ちげえねえ」

荒井は手を打って笑った。

昼時だった。

事務室で、鈑金名人は昼食をとっている。

雄造はいなかった。銀行の融資担当者と会うため、着慣れないスーツ姿で出かけて、まだ工場には戻っていない。

他の社員は、昼食で出払っている。

裕子は、悟にご飯を作ってから、また事務室に戻ってきたところだ。

今日の授業は午前中だけだから、もう学校から帰っているのだ。

たまには息子のひとり部屋も掃除しなければとは思うが、年ごろの男の子は母親が自分だけの空間に入ってくるのをひどく嫌がると聞いて、ついためらってしまう。せめて本人が学校へいっているあいだにやってしまおうと考えてはいても、工場の仕事や他の家事に追われているうちに、うっかり忘れてしまうのだ。

こういうところも、母親失格なのだろう。

「いちいちクルマにたとえるところが、じつに社長らしくて可笑しいや。たしかに調子を崩したエンジンがありゃ、なにか原因はあるだろうさ」

くしゃ、とした笑顔に、裕子も思わず微笑んだ。

荒井には、人の機微に敏感なところがある。

　雄造にいわせれば、それは逆だという。

　歳をとって神経が鈍くなり、日常に余計な刺激を求めて、やたら人様の事情に首を突っ込みたがるだけだと苦い顔をしていた。

　とにかく、裕子が悩みを抱えていると、荒井はなんとなく察したらしい。

　裕子も相談できる人が多くほしかったところだ。身内の事で少しためらったものの、結局は悟のことを話すことにしたのだ。

「あの人は、昔からクルマの気持ちがわかるんじゃねえかっていわれてた。若いころから、人に教わったわけじゃなくてもな」

　荒井は、我がことのように自慢げであった。

「たとえばクルマの変速機（ミッション）が入らなくなる。エンジンいじって馬力が乗ってるから、ミッションが悲鳴あげてんじゃねえかって分解してみる。でも、それが原因じゃなかった。誰にもわからねえ。でも、社長にはわかった」

　その原因は、エンジンを支える固定部分（マウント）に亀裂が入っていたのだという。慎重に見なければわからないほどの小さな小さな亀裂（クラック）だ。

　スピードを出そうとしてアクセルを踏み込むたび、その大きすぎる馬力を受け止めきれないマウントがわずかにズレる。エンジンとミッションを繋ぐパーツにも許容以上のストレスがかかって、ギアの変速ができなくなっていた。

歯の噛み合わせが悪ければ、人間でも健康上の弊害が起きる理屈だ。

雄造だけが、ささやかなクルマの苦鳴を聞けたのだ。

「それは……」

すごい話だった。

新人整備士の裕子にもそれはわかった。

雄造が一流のメカニックだということは知っていた。しかし、それは人から話を聞いて知っているだけのことであった。

もしかしたら、本当にクルマと対話ができる人なのかもしれない。

「でもなあ、調子を崩してるからって、どこか壊れているともかぎらねえ。クルマにも個性があらあ。なんてことない大衆車でも、エンジンや車体(シャーシ)には個体差がある。そういうエンジンなのかもしれんし、そういうシャーシなのかもしれねえ」

「生まれつきということですか？」

「いやあ、必ずしも、わかりやすい原因があるとはかぎらねえってことさ」

「それは……」

「こちらが十の手間をかける。しかし、クルマは十を返してくれるわけじゃない。やっと一か二。そういうこともある。だが、それでヨシとするべきかもしれん。手間をかけるのは、ただの自己満足なのかもしれんのさ。まあ、子供の教育も同じじゃないかね？」

「そうでしょうか……」

たとえが偏りすぎて、裕子にはわからなかった。

「でも、まあ、やっぱり人は機械じゃねえやな。おれも社長と同じで、クルマのことはわかるが、人間に関しちゃさっぱりだ」

「さっぱりですか……」

「ああ、さっぱりだな」

裕子は、少し考え込んだ。

「あの、秀一さんの小さいころはどうでした？　優しい顔してたけど、ヤワじゃなかったぜ」

「秀ちゃんか。うん、いい子だったたな。優しい顔してたけど、ヤワじゃなかったぜ」

「はい……」

悟には優しい子に育ってほしかった。

そして、強くなってもらいたかった。

母親として、息子に望むのはそれだけだった。

「あんれ？」

荒井の眼が外にむき、妙な声を漏らした。

裕子も見た。

見覚えのない運搬車(キャリアカー)が工場の敷地に入ってきたのだ。

「なんだ？　社長が呼んだのかい？」

「いえ、そんなことは聞いてませんけど」

キャリアカーはエンジンを止め、運転席から見知った男を吐き出した。工場や事務所には眼もくれず、裏手へとまわっていく。

「なんだ、敬司かよ」

「そうみたいですね」

「おっ、よく見りゃあ、まっさらの新型じゃねえか。けっ、金持ちは嫌味だねえ。まあ、あれを狙ってんだろうが……どうするかね？」

「え？　どうするって？」

「だから、キャリアカーを持ってきたってことはよ、強引にあのクルマを引っぱっていくつもりかもしれんってことよ」

「あっ……」

あのクルマとは、夫のヨタハチのことだ。

「でも、社長はあんたに任せた。追い返すんだったら、おれも助太刀するがね。どっちにしろ、おれがボディの修復は手伝うことになるけどな」

「あ……でも……」

「裕子ちゃん、どこの業界でも結局はエゴの世界だ。自分の思い通りにできなきゃ、気が済まねえやつばかりよ。だから、あんたが踏ん張らにゃダメなんだ。でなきゃよ、ぜんぶ引っさらわれておわりよ」

「はあ……」

四

工場の前に見慣れないキャリアカーが停まっていた。

敬司がきているのだ。

事務室で裕子に確認すると、裏手の車庫にむかったらしい。示威行為のつもりだろうが、それでも放っておくわけにもいかなかった。

敬司は車庫の電気もつけずに、じっとヨタハチを眺めていた。

「おい、勝手に入るんじゃない」

雄造は不機嫌な声をかけた。

「もう帰ってきたのかよ」

ふり返り、敬司は口の端を歪めた。

いくつになっても悪ガキのような眼だ。さすがに顔の皮膚は厚みを増しているが、頬肉はすっきり引き締まり、とても五十代とは思えない。

「兄貴、スーツが似合ってねえな」

大きなお世話だ。

銀行から戻ったばかりで、雄造は着替える暇もなかったのだ。

「部外者は出ていけ」

「冷てえな。実の弟にむかってよ。あの女が、これをレストアするって話を聞いて、慌てて飛んできたんだぜ。でも、なにも手をつけていないようで安心したよ」

敬司は、ボンネットに積もった埃を指先でぬぐった。

裕子が、まだレストア作業に手をつけていない理由は、これが改造車だからだ。エンジン換装の他にも、無数に手が加わっている。

どうやれば、元通りに再生できたといえるのか、そこの按配(あんばい)が難しい。

秀一は、自分の理想を形にするためにヨタハチを改造していたはずだ。しかし、その理想を完成させる前に死んでしまった。

だから、遺された作業メモや発注書などを調べながら、どうやればレストア完了となるのか、それを裕子は自分で考えなければならないのだ。

「誰に聞いた？」

「さあな」

敬司の嗤いが口元でひろがった。

「おい、あの女にやらせるんだったら、おれにレストアさせろ。あの女は、もう他人だ。家族じゃねえ。秀一が死んで、ここを出ていったんだ」

「おまえも出ていったひとりだ。それに裕子さんは戻ってきた。秀一が死んだところで、女房だったことには変わりない。子供も産んでいる」

敬司は舌打ちした。

「なあ、兄貴、おれにくれよ。学校を出たばかりの半人前にいじられたって、クルマが可哀想ってもんだ。クルマの声が聞こえねえのかよ？　もっと走りたがってるんだ。もっとエンジンをまわしたがってるんだぜ」

雄造は目を伏せた。

クルマの声など——ずいぶん前から聞こえなくなっている。

だが、訊いてみた。

「直して、売るのか？」

「悪いか？　世の中には、路肩に張り付いてるのがお似合いのポンコツに何百万も費やしてくれる酔狂な客がいるんだ。想い出のクルマ？　笑わせる。過去なんざ、覚えていればいい。わざわざふり返るようなもんじゃねえ」

「レストアというのは、そういうものじゃない」

「へえ？」

「ただ新車同然に再生すればいいわけじゃないんだ。問題は、どういう形にするべきか……たとえば、オーナーの人生を拾い上げるような……」

雄造は口をつぐんだ。顔をしかめ、かぶりをふる。理屈を並べるのは苦手だ。言葉にしたところで、いまの敬司に伝わるとは思えない。

「……いいから、もう帰れ」

「ああ、帰るさ。今日のところはな。だが、こいつは諦めねえ。おれに諦めさせたかったら、昔みたいに殴るしかねえ。やってみるか？」

雄造は、かぶりをふった。

「殴ったのは、おまえが間違ったときだけだ」

「なら、おれが正しいんだな？」

「そうじゃない」

「じゃあ、なんだよ？」

「筋の問題だ」

「くそくらえだな。あの女は他人だ。この車は、本当の家族が直すべきだぜ。兄貴が直したっていいさ。レストアなら本職じゃねえか。それとも、佳奈さんが亡くなって、すっかり老いぼれちまったか？　もう腕に自信がねえってか？」

敬司は顎を突き出して挑発してきた。

――殴れば、わかってくれるのか？

お互い、そんな歳でもないはずだ。

血は繋がっていても、言葉が通じなければ他人と同じだ。間違ったところで、いまさら叱ってくれる者などいないのだ。

「……そうだな」

雄造のため息は重かった。

「おれは、くたびれているかもしれん。くたびれついでに、ひとつ頼みごとだ」

「なんだよ？」

敬司は用心深く眼を細めた。

「おまえ、小牧の面倒を見る気はないか？」

「はん？　店じまいの準備かよ？　それとも、跡継ぎが帰ってきたから、もう小牧なんざ、お払い箱ってことか？」

ちがう、と雄造は否定した。

「小牧のやつは、旧車のレストアに不満があるらしい。興味がないということなら、それだけのことだ。それに、昔から、おれよりおまえに懐いていた。景気がいい工場なら、人手はいくらあっても困らんだろう」

「ふん……このヨタハチとだったら、いっしょに引き取ってやらあ」

敬司は嗤うと、雄造を突き飛ばすようにして車庫を出ていった。

五

信号が青になり、小牧はスーパーカブのアクセルをひねり上げた。

乾いた排気音を漏らしながら、カブは熱風をゆったりと押しのけて加速する。シーソー式のクラッチを踏んで、二速に入れる。少し加速して、またシフトアップした。

昼食を牛丼で済ませ、工場に戻るところだ。

午後からの作業を考えて、小牧は軽く気鬱になる。

——あんなポンコツ直したって、百キロも出やしねえのによ。

もっと速いマシンをいじりたかった。

社長の口癖によれば、クルマのタイヤは四つだから、フェラーリもカローラも同じだという。技術が進歩しても、クルマはクルマだと。だが、そんなことはない。小牧にとって、速くなければクルマじゃないのだ。

工場が見えてきた。

「……まあた覗いてやがる」

小牧は、ヘルメットの中で舌打ちした。

裕子の子供だ。

昼時で人が出払っている隙に、また工場へ入り込んでいる。土曜日だから、学校から帰ってきたばかりなのだろう。

なにが面白いのか、未整理の部品棚を漁(あさ)っているようだった。

忌々しいが、その気持ちはわからなくもない。

自分だって、自動車工場の家に生まれたかったからだ。

社長が放置しているせいで、工場の出入り業者さえも悟に慣れていた。変わった子供だと思うくらいで、誰も気に留めていない。

小牧にとっては、うろちょろされて目障りなだけだった。

遊びたいなら、どこかにいけ。ここは仕事場だ。公園にでもいけ。外がいやなら、ゲームでもしていろ。

小牧は、ヤハギ自動車商会の後釜を狙っていた。

ヤハギには後継者がなく、社長の気力も萎えている。

だから、時間の問題だった。継ぐのは自分しかいないと思っていた。そのために十年も真面目に働いて、一級整備士の資格もとったのだ。

そこへ、裕子が子連れでひょいと戻ってきた。

しかも、ヨタハチの修復をあっさり許可された。おまけに、秀一が使っていた工具と資料まで譲られている。それが許せない。

あのクルマは、小牧にとってヤハギ自動車商会の象徴だったのだ。

——あのガキ、しょんべん漏らすほど怒鳴りつけてやらあ。

工場の中には危険な機械もある。子供が無断で入っていいはずがなかった。大人げないことは承知だが、せっかくの好機なのだ。

カブを工場の脇に停めると、見慣れないキャリアカーに気が逸れた。

「おっ、すげえ……」

だが、ピカピカの新車に見蕩れているときではなかった。

眼で悟を追った。

カブのエンジン音を聞いたのか、工場から出ていくところだった。逃げられた。舌打ちしかけ、小牧は眼を細める。

悟の手が、なにかを握っていた。

「……やりやがったな」

工場のパーツを盗んだのだ。現行犯だ。これなら思いっきり怒鳴りつけたところで、こちらに非はない。思わず舌なめずりをした。

——追いかけて、首根っこをひっ摑んでやる。

そのとき、悟は裏手からやってきた作業着の男とすれ違った。危うくぶつかりそうになり、ぺこりと頭を下げてから駆け出した。

小牧は思わず声をかけた。

「敬司さん！」

「あ？　ああ、おまえか」

敬司は不機嫌な顔でサングラスをかけた。

「なんだ、まだここで働いてんのか？」

「冗談キツいっすよ。こないだ電話したばかりじゃないですか」

ヨタハチの修復を裕子がやると報(しら)せたのは小牧だったのだ。

「ふん、そうだったな」

「もしかして、あのキャリアカー、敬司さんとこの？」

「おう、吊(つ)るしの在庫品じゃねえぞ。受注生産(オーダーメイド)の一品(ワンオフ)もの盛り盛りだ。おかげで、一年半も待って、やっと納車されやがった」

「へー、すごいっすね」

小牧は、敬司と秀一が造るチューニングカーに憧れて整備士になった。

入社した数年後、秀一は他界した。

敬司もショップを興して独立してしまった。そのとき、小牧もついていきたかったのだ。が、まだ敬司が求めるほどの腕もなく、しかたなくヤハギに残るしかなかった。

「そういや、おまえ……」

「なんすか？」

「いや、まあいいか。ところで、さっきのガキはなんだ？　おまえの遊び友達か？」

「んなわけねえでしょ。秀一さんの子供ですよ」

「秀一の？」

敬司は真顔になり、サングラスを外してふり返った。

悟は、すでに家のほうへ消えている。

「そうか、いっしょに住んでるんだったな」

「手癖の悪いガキでよ、さっきもなんかのパーツを盗んでいきやがった。まあ、たいしたものじゃないけど、盗みは盗みだ」

これをネタに、あの女を追い出せるだろうか。いや、さすがにムリだろう。小牧としては、利用できるものは利用したいところだが……。

敬司の眼が、イタズラを思いついた悪童のように笑った。

「子供のやることじゃねえか。たいしたパーツじゃねえんだろ？　ほっといてやれ」

「はあ、敬司さんがそういうなら……」

小牧は毒気を抜かれた。

仕事に厳しい人だ。身内だからといって、甘やかすようなタイプではない。意外にも、子供好きだったのか……。

六

学校が終わり、悟は校門をぽつんと出た。

家まで歩いて二十分ほど。

すっかり慣れた道行きだ。

いっしょに帰る友達はいなかったが、とくに寂しくはない。それを気にしたこともない。転校前の学校でも、そうだった。ひとりが嫌いではなかった。ぼんやりとしていることは好きだ。なんとなく、ぼんやりと好きだった。

ゆるい坂道を下って、住宅街の中を通り抜ける。用水の橋を渡り、左に曲がって道沿いにすすんでいくと、左右にひろがる田畑が見えてきた。

矢作家には、そのまま直進すれば到着する。

前へ前へと足をすすめるにつれ、蟬（せみ）の声が大きくなってきた。

途中に神社があるのだ。

小さなころ、母とよく境内を散歩したらしい。夏祭りの屋台にはしゃいだり、鎮守の森で昆虫とりをしたというが、あまり記憶に残っていなかった。

手のひらを太陽にかざした。指のあいだが赤く染まって見える。

足もとにじゃれつく影が濃い。

歩くたび、背負ったランドセルが跳ねる。背中が汗で湿っていた。風が頬をなでる。

アスファルトの匂い。田んぼの香り――。

夏なのだ。

「――おい、悟か？」

蝉の声に混ざって、少年を呼ぶ声がした。

足を止めてふり返る。

木々に囲まれた社（やしろ）が見え、平たい石を並べた参道が手前に延びていた。両脇は、砂利を敷き詰めた参拝者用の駐車場だ。

その男は、鳥居の柱にもたれかかって悟を見ていた。

「悟だろ？　おれは敬司だ。おまえの親戚だよ」

にっ、と笑顔をむけてきた。

サングラスをかけ、髪を後ろになでつけている。歳はよくわからない。鮮やかな青色のTシャツに、カーキ色のズボンをはいていた。

「なあ、ちょっとオジさんとお話ししようぜ。おまえを待ってたんだよ。あの小学校だったら、どうせここを通るしかないからな」

悟は、じり、と後ろに下がった。

男から眼を離さず、爪先を家のほうにむけている。なんだか、怖い人だ。腰も少し低く沈めた。いつでもダッシュできる姿勢である。

ひゃらりひゃらり、と境内から笛の音が聞こえた。

祭りの準備をしているらしい。

「警戒すんなって。逃げんな。おい、待てってば。だから、おまえのジイさんの弟だぜ？　おぼえてないのか？」

不審者扱いされて、男は慌てたようだ。

「くそっ、まいったな。まあ、そりゃそうか。兄貴の工場にいたときも、あの家には上がらなかったからなあ。おっ、そうだ。クルマに缶コーヒーがあるぞ？　おごってやる。だから、ちょっと待ってろ」

男は駐車場のクルマまで戻ると、運転席のドアを開いて上半身を潜り込ませた。

缶コーヒーなんて、どうでもよかった。

悟は、そのクルマを見つめていた。

「……トラックだ」

工場の前で見たことがある。吊り上げ装置(クレーン)もついて、かっこよかったから覚えていたのだ。

「おっ、さすが男の子」

サングラスの男は、ふたつの缶コーヒーを手にして戻ってきた。自慢気な顔つきで、トラックへ顎先をしゃくる。

「トラックはトラックだが、これはユニック車というやつだ。ただのキャリアカーじゃないぜ。クレーンがついてるだろ？　これで二トンくらい……まあ、ベンツのSクラスでも吊り上げることができるか。な？　すげえだろ？　かっこいいよな？」

「……うん」

悟はうなずいた。

男は相好を崩して笑った。

「おまえんとこのコゾーにゃ、新車だってフィちまったが、じつは事故車だ。秘密だぜ？」

「じこ？」

「高速道路で追突されて、おしゃかになったやつだ。おかげで、安く買えた。クレーンは少し歪んだが、動くことは動く。んで、駆動系とシャーシはこっちで修理して、ガワのボディは車体屋に新しく発注だ。それなりに金はかかったがな」

悟は小首をかしげながら聞いていた。

話していることの半分くらいはよくわからないのだ。

「なんだったら、助手席に乗せてやるぜ？　いや、待てよ。助手席じゃ誘拐犯と間違われるか。よし、荷台だ。少しは見晴らしがいいからな」

缶コーヒーを左右のポケットにしまい、男は荷台の側面を倒した。

「ほれ、ランドセルよこしな」

悟の背中からランドセルを奪って荷台へと放り投げる。

逃げる間もなく両脇を摑まれた。くすぐったくて、思わず身をよじる。ひょいと持ち上げられた。力強い大人の腕に、悟は眼を丸くした。

男も軽やかに飛び乗った。

荷台の縁に、ふたりは肩を並べて座ることになった。

「そら、飲みな。遠慮すんなよ？」

男に缶コーヒーを渡された。

「……ありがとう」

ぺこりと悟は頭を下げた。

　母の実家で、おじいさんが淹れたコーヒーを飲ませてもらったことがある。たっぷり砂糖が入っていて、それは甘かった。が、缶コーヒーは初めてだ。プルタブを開き、こく、とひと口だけ飲んでみる。

「美味いか？」

「……苦い」

「そうかー。苦いかー。ははっ、そりゃそうだ」

　男は楽しそうに笑った。

「なあ、おまえ、工場から部品を盗んだんだってな？」

　悟は、また小首をかしげた。

「なんだ、ちがうのか？　おかしいな、あの野郎のガセかよ。まあ、どうでもいいか。どうせガキのやることだ。悪いことのひとつやふたつはするもんだ。おねしょと同じだ。いつのまにか治っているもんだ」

　悟は、わずかに口元を尖らせた。

　おねしょなんて、とっくにしていない。

「おまえ、無口か？　いいね。チャラくて、おしゃべりよりはいい。秀一もそうだった」

「……お父さんも？」

悟は、男を見上げた。

「そうだ。おれは、おまえの父ちゃんとは仲がよかったんだぜ。秀一のほうがイイ男だが、兄貴と秀一は、がんこなところが似てたな。だが、兄貴のように辛気臭くはねえ。秀一は明るく、なによりもチューニングされたクルマを愛してたんだ」

不思議な大人だった。

作業服を着ていないのに、身体からオイルの匂いがした。

「で……なあ……」

「うん」

「あのクルマのこと、教えてくれよ」

「あのクルマ？」

「ほら、裏の車庫によ、かっこいいクルマがあったろ？」

悟はかぶりをふる。

裏の車庫には、なんとなく近寄りたくなかったからだ。

「見てねえのか？　なんでだよ？　子供は、ああいうの大好きだろう？　まあいいや。あれがな、おまえの父ちゃんの形見だ。ほんとに見てねえのか？」

悟は、さっきより小さく頭をふった。

「ふぅん？」

と男は砂利の上に降りてきた。

「なあ、ひとつ、教えといてやるよ。おまえの父ちゃんな、あれを殺したのは、おまえのジイさんだ。おれの兄貴が殺したようなもんだ。おぼえとけよ？」

悟は息をつめて、男をまっすぐに見つめた。

「な、なんだよ？」

男の口元が、わずかにこわばった。

少年の真っすぐな瞳に怯(ひる)んだように――。

「まあ……今日のとこは、ただのあいさつだ。さ、帰んな。送ってやろうか？」

悟は答えなかった。

荷台から飛び降りると、家にむかって駆け出した。

七

車検が立て込んできた。

雄造は、昼から車検で持ち込まれたスバルの点検をしていた。二十年前の国内ラリーで走ったというふれこみのスバル・インプレッサだ。三年前に再塗装され、ボディにも腐りはないものの、ディスクブレーキのローターが限界まで磨り減っていた。交換部品のリストをまとめて発注をしなくてはならない。

雄造が事務所に入ると、

「荒井さん、すみませんでした。もう、あの子ったら……」

「気にすることたあねえ。どうせ捨てるモノだしな」

と裕子と荒井が妙な空気になっていた。

「なんのことだ？」

雄造が訊くと、裕子は申し訳なさそうに答えた。

「ええ、さっき悟が工場から勝手に部品を持ち出してるのを見かけてしまって、それを叱ったら、荒井さんから許可をもらったというんです。だとしても、みんな仕事で忙しくしてるのに、そんなことを……」

悟は、そのとき珍しく不満そうな顔をしていたらしい。

「いいってこと、いいってことよ」

「でも、それならあたしに頼めばよかったのに」

「母親に頼むのは、なんかこっ恥ずかしい年ごろなんじゃねえかな。男の子だしなあ」

待て、と雄造は口を挟んだ。

「だったら、なんでおれじゃないんだ？」

社長は自分なのだ。

しかも悟の祖父である。

工場に転がっているパーツが欲しければ、自分にねだればいい。再利用に堪えないガラクタなど、いくらでもあるのだ。

荒井は、にやりと笑った。

「ああ、社長の顔が怖いからじゃねえの？　悟の坊はな、おれが話しかけりゃ、けっこう口を利いてくれるぜ？　ほれ、もう仲よしさんだ。ダチよダチ」

「な……」

いつのまに、と雄造は眼を剝いた。

あの孫が、自分よりも荒井に懐いている。

それにショックを受けた自分自身にも驚いた。

たしかに、孫と積極的なコミュニケーションをとれているとはいえなかった。甘やかしたことも甘えられたこともない。雄造も無口ならば悟もそうだ。交わした会話は少なく、愛想がないのはお互い様であった。

荒井は、やんちゃ坊主の稚気を残して大人になり、そのままシワだらけの老人になってしまったような男だ。精神的に子供と近いのかもしれない。そういえば、秀一も荒井にはよく懐いていた気がする。

そのとき、ふいに雄造は思いついた。

「なあ……悟はクルマが嫌いなのか？」

唐突な疑問に、裕子は戸惑った顔をした。

「い、いえ、まさか、そんなことは」

「社長、そりゃあねえ。だいたいよ、悟の坊がクルマ嫌いだってんなら、なんでいつも工場を覗き見してんだよ？」

それは——そうなのだ。

工場を覗いていたのは、母が家にいなくて寂しいのかと思っていたが、しだいに悟はクルマそのものに興味があるのではないかと雄造は思っていた。

しかし、それでも、だ。

「まあ、ただの思いつきだといえばそうなんだが——」

裕子によれば、悟は父親を亡くした事故の記憶がないという。

まだ幼かったせいもあろうが、そのときのショックが大きすぎて、思い出すことを無意識に拒絶しているのかもしれない。

あの夜——。

秀一がテスト走行に出たとき、悟もヨタハチの助手席に乗っていたのだ。

記憶にはなくとも、眼に見えないダメージが残ったのではないのか？

クルマと死のイメージが心のどこかで直結しているのであれば、エンジンの音が絶えない環境で、知らず知らずのうちにストレスを蓄積させていたのでは？

「いや、悟が学校で奇妙なうなり声を出すことがあるというから、もしかしたら、それが原因なのかと思っただけだ」

エンジンの故障でも同じだ。その原因を特定するためには、起こり得る可能性をすべて洗い出して、ひとつひとつ丁寧に潰していくしかない。

「そりゃあ、鼻歌じゃねえのか？」

荒井も、悟の奇行は裕子から聞いていたのだろう。

「学校の先生にも、うなり声と鼻歌の区別はつくだろう？」

「ただの音痴ってこともあらあな。裕子ちゃん、悟の坊の音楽の成績はどうだ？」

「えっ……あ、はい……とくに悪くはなかったはずですけど」

「可もなく不可もなく、か」

「なら、あれだ。クルマのエンジン音を真似してんだよ。ガキのころに、みんなやってたろ。そんな主題歌のやつがあったぜ？　ぶぶーん、ぶろろろろ〜、ってな」

「はあ……」

「そんなバカな……」

今度は、雄造が呆れた顔をする番だった。

八

「おじいちゃん」

家で夕食が済むと、悟が思い詰めた顔で口を開いたのだ。

「お？　おう……」

思いのほか、雄造はうろたえた。

無口な孫に、初めておじいちゃんと呼ばれた。あたりまえのこととして平然と受け入れればいいのか、大げさに喜べばいいのか、優しく微笑めばいいのか。わからない。

不覚にも心の準備ができていなかった。

怯んだ隙に、追撃の言葉が飛んできた。

「おじいちゃん……お父さんを殺したって、ほんと？」

雄造は息を呑む。

「悟、なんてことを！」

「ああ、待ってくれ」

雄造は、血相を変えた裕子に眼でうなずいた。

「悟、誰がそんなことを？」

「おじさんが……」

おじさん、といえば、ひとりしか思いつかなかった。

「敬司が？　いつ会ったんだ？」

「昨日。学校から帰るとき、ぼくを待ってたって」

「あいつ……」

なんのつもりなのか、と雄造の胸中にくすぶりが生じた。

眉間を指先で摘(つま)み、眼を閉じて揉み込んだ。力を込めすぎて、まぶたが痙攣(けいれん)する。

瞬間的な怒りで頭の後ろが熱く脈打った。

——いったい、なにが気に入らない？

敬司が、なにをしようが勝手だ。商売も好きなようにやればいい。外で陰口をたたこうが、嫌味を垂れ流そうが、たいして興味はなかった。だが、大人の事情に子供を巻き込んでいいはずがない。

これは怒りだ。

長年放置していた旧車をいきなり始動させたように、不完全燃焼の黒煙で咳込むような激しい感情が沸騰していた。次にのこのこ工場へ顔を出したら、弟の顔が歪むほどの力で殴ってやりたかった。

「悟、おじいちゃんに謝りなさい。敬司さんは、なにか誤解してるのよ。お父さんは事故で亡くなったの。知ってるでしょ？」

「いや……」

ゆっくり息を吐き、雄造は感情を落ち着かせた。

「裕子さん、いいんだ。たぶん、そういうことじゃない」

「でも……」

「だいじょうぶだ」

雄造は、あらためて孫にむき直った。悟の眼は澄んでいて、祖父を責めている感じではなかった。ただ純粋に知りたがっているのだ。

「裕子さん、ちょっと悟と話をさせてくれ」

「え……」

「男同士の話だ」

安心させるため、雄造は不器用に笑いかけた。


悟の部屋に入った。

開け放たれた窓からは、涼しい夜風が流れてくる。

もともと、子供が大きくなったら与えようと予定していた角部屋だ。裕子と悟が矢作家に帰ってくるまでは物置として使われていた。

折り畳み式のベッドは、工場の仮眠用を家に運び込んだものだ。

勉強机も使い古しの事務机であった。

「お……」

雄造は眼を見張った。

机の上に、ボルト、ナット、針がね、ステンレス板の切れ端などが散らばっている。

すべて工場から持ってきたものだろう。

穴あきのステンレス板を組み合わせ、ボルトとナットで固定して箱型にしていた。これはシャーシのつもりであろう。さらに廃タイヤから削り出したのか、丸い車輪がシャーシの四隅にネジ止めされている。

製作途中ながら、あきらかにクルマを造ろうとしているのだ。

ぞくり、と雄造はふるえた。

裕子は、息子の密(ひそ)やかな愉しみを知っていただろうか？

たぶん、知らなかったのだろう。

子供に与えた部屋とはいえ、ずけずけと踏み込んで勝手に片づけや掃除をする。それが母親というものだ。家族だから遠慮会釈なしにやれることだった。

ところが、昼間の裕子は工場での仕事をこなすだけで精一杯だ。夜は夜で旧車の整備書を勉強している。家事に割ける時間は制限され、子供の部屋のことは本人の自主性に任せざるをえない。

机のラック上には、完成品が何台も飾ってあった。

針がねでクルマの形だけ作ったものもあれば、ダンボール製の箱形ボディを載せたものもある。サイズも五センチほどから十センチを超えるものまで様々だ。しかも、だんだんと大きく、より巧みに、また精密になっていく過程がわかった。

悟は、実在のクルマを再現しようとしたわけではなさそうだ。手持ちの部品を使って、結果的にオリジナル車ができた。それを素朴に楽しんでいるように思えた。

——どうして、気付かなかった？

小刀で木片を削り、空き缶を金バサミで切断して模型の材料に用い、ひとり悦に入っていた子供時代の記憶が鮮やかによみがえる。

道端で拾った釘もハンマーで潰せば立派なパーツになった。いつも小刀を持ち歩き、不良と勘違いされたこともあった。

だが、好きなのだ。

好きなものは自分でも作りたくなるものだ。

悟は市販のプラモデルやミニカーには興味を示さないらしい。が、考えてみれば、かつての雄造もそうだった。出来合いのものが欲しいわけではない。自分のためだけの唯一無二のマシンがほしかったからだ。

「こういうのが好きなのか？」

「うん……」

悟は、椅子に座ってうなずいた。

その眼は製作中のクルマにむけられている。

悟もモノを作る側の人間であった。

「しかし、裏の倉庫にあるクルマには興味ないのか？」

「あそこ、こわいから」

「そうか……」

記憶にはなくとも、身体が覚えているのかもしれない。

孫の頭を撫でようとして、雄造は伸ばしかけた手を引き戻した。この年齢の男の子が、頭を撫でられて喜ぶものかどうか、よくわからなかったからだ。

「お父さんがいなくて、寂しいか？」

「……わかんない」

そうだろうな、と雄造はうなずく。

「話してもいいか？」

「え？」

「ほれ、おれが、秀一を殺したのかもしれないってやつだが……子供に話してわかるか……いや、おれが話したいだけだが、聞いてくれるか？」

「うん……」

悟は、机に転がっているボルトをいじりながら生返事をした。

どうでもよさそうな顔をしていたが、耳はこちらにむけられている。

「おれはクルマのことしかわからん男だ。家族のことなんか、まったくかまっていなかった。秀一のことも、おまえのおばあちゃんに任せっきりだった。だから、あいつの考えていることもよくわからなかった。わからないふりをしていたのかもしれん。自分の仕事のことで頭がいっぱいだったから――」

理解できなくてもいい。伝わらなくてもいい。とにかく、なんでも言葉にして転がしてみる。話すことで、自分でもわかることがあるはずだ。分解作業は、レストア作業の基本だ。そこからはじめるのだ。

仕事のことを話した。

クルマのことだ。

生活のために、市販車のチューニングをはじめたが、もともと改造は好きではなかった。

いじればいじるほど、クルマのことが理解できる。

ただそれが楽しかった。

クルマは商品だ。高尚な理想だけでは成立しない。現実と向き合い、どこかで妥協点を探らなくてはならなかった。

安物の大衆車に、どうしてここだけ高価な素材を採用したのか。高性能を謳ったスポーツカーのくせに、なぜ使い古された技術を残したのか……。メーカーの設計者が、どれほどアイデアを重ね、それを実現するために技術者がどのような工夫を試行錯誤したのか。意味のないパーツなどひとつもないのだ。考えることが楽しかった。理解できることが嬉しかった。

人が造るものに、その機能的な形に、いつも感動していた。知識が増え、技術が向上するほど、もっと自由にクルマをいじりたくなった。

新しいモノを造ろうと思ったことはない。商品として世に出たクルマは、確定された歴史と同じだ。勝手に改変していいものではないと思っていた。

すでに確定していれば、安心してイジれる。埋もれた歴史は掘り起こせばいいだけだ。そのほうが自分の性分に合っている。そう信じていた。

しかし、弟と秀一はチューニングという麻薬にやられていた。

『オヤジ、チューニングもさ、クルマ本来の姿をとり戻すことじゃないかな？　ほら、メーカーも商売だから、コストとか耐久性とか安全性能とか考えて、ぜったい本来の性能より抑えているはずだよね？　だから、機械が機械として、最高の性能を発揮できるように直してやりたいんだ。メーカーの開発者が、商業的に妥協を強いられた商品じゃなくて、本心で望んでいた夢の形に復元する……なんてね』

これは秀一の言葉だ。

生意気いいやがって、と当時の雄造は舌打ちした。

わからねえなら黙ってろ、と怒鳴りつけたものだ。

チューンナップという言葉が、まだ魔法の響きを帯びていた時代だ。

マフラーやショックアブソーバーを替えただけで、世界が一変したかのような錯覚をこの業界の関係者たちはユーザーに与えつづけた。ターボの過給圧をいじって出力を上げれば、なおさら魔力は増幅した。

雄造も、その渦中で溺れていた。

時代の流行に踊らされ、名人と持て囃されて、自分の本分を見失っていた。息子の死で気付かされるまで、メーカーが完成車として世の中に送り出したものに手を入れることの傲慢さと罪深さを忘れ去っていた。

クルマは壊れずに走ればいい。

安全な乗り物であることが一番だ。

それはわかっていた。

だが、生活費に悩むのはうんざりだ。クルマのことだけ考えていたかった。それでも改造車を手がけるたびに、なにかが摩耗していった。

そのせいだろうか。

たまたま近所の客がやってきて、納屋で眠っていた510型のブルーバードを走れるようにしたいと相談され、旧車のレストアも手がけるようになったのは――。

「……秀一のことをわかってやってれば、あいつが無理をしたときに止められていたかもしれん。もっと、秀一の仕事を認めてやればよかった。敬司は……おまえのおじさんは、そういいたかったんだろう。だから……」

なにをいっているのか、自分でもわからなくなってきた。

家族とはいえ、わかってもらえると期待したことなどなかった。人は一代かぎり。技術屋は、ひたすら自分の腕を磨き上げればいいだけだ。人に教えはするが、人は育てるものではない。勝手に育つものだ。技術でも知識でも、勝手に盗めばいいのだ。

それが間違っていたのか？

わかっていなかったのは自分だったのかもしれない。

秀一は、若さゆえにチューニングの毒に溺れていただけではなく、自分なりに考えたクルマへの理想を見ていたのではないのか――。

もっと話をすればよかったのか？

そうすれば、雄造にもわかったのか？

息子が亡くなり、女房もいなくなって――この歳になって、ようやく思い知らされた。人並みの感性とは縁がないと思っていた自分が、ただ安っぽい虚無感に酔っていただけなのかもしれない、と。

まだ手遅れではない。

ようやく気付けたのだ。

裕子には、教えられることは教えてやりたかった。

孫にもクルマのことを教えてやりたかった。

家族なのだから。

さあ、キーを差し込み、エンジンの始動モーターはまわした。きゅるきゅるる。モーターがピストンやクランクを動かしてうなる。ガソリンはキャブに届いただろうか。

プラグは火花を散らしているか。

話せ、話せ、話せ。孫に届くまで、自分に繋がるまで。

ふぉん……。

悟の口から、そんな声が漏れた気がした。

本人も自覚していないような、小さな、小さなつぶやきだった。

もしかしたら、いまのが……。

雄造の言葉は止まっていた。

「……おじいちゃん？」

悟が驚いたように見上げている。

その小さな顔が、じわりと滲んだ。

なんと——。

雄造は涙を流しているらしい。

指先で目元をぬぐった。

「クルマが好きなら、これからは工場の中に入ってもいいぞ」

「いいの？」

悟は、含羞(はにか)んだように笑った。

子供らしい、幼い笑顔だった。

「ああ、ただし、ちゃんと大人の注意はきくんだ。危ない機械とかもあるからな。あとな、そのクルマ作りに熱中しすぎて、あまり夜更かしはするな。母さんも心配するし、学校で居眠りすると先生に怒られるからな」

「うん」

自分と息子と孫――。
そのあいだに、初めて一本の強い線が繫がった気がした。

九

昼休みになって、裕子は事務所で見積書のプリントアウトをしていた。
うぉん……。
ふぉん……うぉぉん……。
外から妙な鼻歌が聞こえてきた。
悟が学校から帰ってきたのだ。
「お、あれか？　悟の坊のうなり声ってのは？」
荒井が机に弁当をひろげながら訊いてきた。
うなり声といえば、たしかにそう聞こえる。
しかし、雄造は答えた。
「ああ、鉄さんの推測したとおりだった。あれは悟の鼻歌だ」
ただし、それはクルマの奏でる歌であった。

雄造は、名曲でも静聴するように眼を細める。

「……シビックだな。RSだ」

「しかも、小牧のヘボなセッティングときたもんだ。へへっ、四千回転あたりの息継ぎまで再現してやがらあ」

くしゃ、と荒井の顔が笑み崩れる。

悟が教室でうなっていたのも、工場で耳にした排気音を口で真似していたのだろう。ひとつの世界に没入しているときというのは、そういうものらしい。耳が心地いいと感じ、それを表現しようとして、自然と鼻歌になって漏れているのだ。

「悟は、いい耳をしている」

裕子にはぴんとこないが、そういうことらしい。

「さすが、社長の孫だ。いや、遺伝だねえ」

「遺伝か……」

雄造もまんざらではなさそうだった。

一種の天才だ、と。

悟は、他人に理解できない世界を衝動で形にしているだけなのだ。

おそらく、雄造の子供時代もそうだったのだろう。

あの人もそうだったのか？

夫と出逢ったとき、裕子は短大生だった。

友達に誘われて、工業大学の学祭にいった。自動車サークルがアトラクションをやっていて、秀一はOBとして遊びにきていた。

服装に無頓着で、薄く無精髭を伸ばしていたが、少年のように明るい眼をしていた。自動車サークルは男の人ばかりで、自分たちのアトラクションにきた女の子たちが気になってそわそわしていたが、秀一だけはクルマだけを見ていた。

裕子が思わず話しかけると、秀一は少し驚いた表情をした。それから、照れ臭そうに自動車サークルが出展したクルマのことを解説してくれた。

なにを話したのか、どんな説明だったのか、裕子も覚えていない。

短大の友達は早々にクルマの話に飽きて、

『顔はいいけど、あのファッションセンスはねえ……』

『手はオイルで汚れてるし、あと排ガス臭い男はナイわー』

と耳打ちして帰っていったが、裕子は自動車サークルの打ち上げに付き合って、秀一とデートの約束までしていた。

恋愛に疎い自分が、そこまで積極的になれたことが裕子は信じられなかった。

ふたりのデートは、いつもドライブだった。

秀一は、すでに父親の工場で働いていた。眼を輝かせて、いつもクルマのことを話してくれた。裕子は、それほどクルマに興味はなかった。理解もできなかった。

運転している横顔を眺めるのが気恥ずかしくて、軽やかにハンドルを操っている秀一の手ばかりを見つめていた。工業用石鹸で洗ってもオイルの汚れがとれない指だが、すらりと長く、しなやかで、繊細そうだった。

社会人なのに見栄（みえ）を張らず、男女の駆け引きが苦手で、打算や裏表のない人だった。好きなものには全力を惜しまず、自然体で背伸びをしない大人っぽさと無邪気な子供っぽさのアンバランスさが素敵だった。

短大を卒業すると、すぐに結婚した。

結婚してからも、裕子はクルマが好きになったわけではない。工場は、いつも騒々しく、油臭かった。それでも、夫を支えることが妻の役目だと信じていた。夫が愛したものならば、自分も好きになることができるはずだ、と。

『平凡な大量生産のクルマだって、オーナーにとっては自分だけの特別なモノだ。自分の最高を目指して、どこまでも追求していくもんだ。——家族だってそうだろ？』

本当にそうだろうか？

裕子には、まだわからない。

それでも、あのときよりは、少しだけ秀一とクルマに近づいている気がした。

風が工場の中に吹き込んできた。

夫の手が、頬をなでた気がした。

オイルで黒ずんだ、優しく愛しかった夫の手——。

悟は、だいじょうぶだ。

そういわれた気がした。

年甲斐もなく顔が火照り、裕子は頬を両手でおさえた。

「裕子さんの手はきれいなもんだな」

「え……」

雄造に指摘されて、裕子は昂揚した気分に冷水を浴びせられた。自分でも未熟なのは承知しているが、まだおまえは半人前だといわれた気がしたのだ。

「社長、息子の嫁をくどくなんざ……」

「そうじゃない。怪我がないということだ」

「あ、はい、もっと仕事をがんばります」

ということだ。

「いや、悪くない。それだけ作業に気をつけて、道具も丁寧に扱ってるということだ。傷だらけの手をしたメカニックは自分で不注意の塊だといってるようなもんだ」

「小牧なんざ、いまだに仕事熱心な男の証拠だなんて勘違いしてやがるがなあ」

「あの……」

裕子は、ひとつ訊いてみたくなった。

「あたし、少しはみなさんのお仲間になれたんでしょうか？」

どんっ、と背中をたたかれて、きゃっ、と裕子は驚いた。

「なにいってんすかー。とっくにお仲間じゃねっすかー」

ふり返ると、恵の三白眼が笑っている。

いつのまにか後ろに立っていたのだ。

恵も自分の手をかざして、ひらひらと長い指を動かした。女の子にしては節くれ立っているが、よく働いてくれそうな感じのいい手だった。爪が短く整えられ、工業用石鹼でも落とせない汚れが染みついている。

自分の手と同じだった。

自分は受け入れられたんだ、と裕子の胸にうれしさがひろがった。

夏の風。

ふぉん……ぉん……うぉぉん……。
うぉん！
悟の声は弾んでいる。
終業式を終えて帰ってきたのだ。
子供は明日から夏休みであった。
裕子は見積書を封筒に入れると、昼食を作るために矢作家へいったん戻った。

三話　調律（チューニング）

一

「なあ、坊、地球の重さの三十五パーセントは鉄なんだぜ？」

「ふぅん……」

工場の隅で、荒井（あらい）が講義をしていた。

生徒役は悟（さとる）だ。

夏休みも終わって、すでに二学期がはじまっているが、今日は日曜なのだ。

「鉄ってのはな、空気に触れると酸素と結合して赤く錆（さ）びるもんだ。そうなると、化合物の融点も低くなるわけよ。わかるか？」

「わかんない」

「そうか？　ようするに、鉄と酸素は仲良しってことよ。ほっとくと、勝手にくっつきたがる。男と女みてえなもんさ」

「男と女？」

「そりゃ、坊だって、好きな女の子くらいいんだろ？　だから――」

「荒井さん！」

裕子が慌て気味に声をかけると、荒井は咳払いで誤魔化した。

「とにかくよ、溶接ってのは、この融点を利用するのさ。鉄と鉄を触れさせてバーナーで炙れば、酸化したところの鉄が普通に溶かすより低い熱で溶けてくれる」

　小学生を相手に、なにを熱く語っているのか――。

裕子は少し呆れた。

「たとえばよ、ふたつの氷を炙ってみる。表面が少し溶けてきたところで、氷と氷をくっつけて冷蔵庫に放り込む。溶けた水が凍っちまえば、ふたつの氷はもう離れねえ。それと同じだ。わかるか？」

「うん」

　どこまで理解しているのか、悟は真剣に聞いていた。

「酸化したことで融点が低くなるのは鉄の特性だ。鉄こそが最高の素材さあね。本当に純度が高い鉄ってのは、錆を寄せ付けず、塩酸につけても溶けねえもんだ」

「鉄、すごい」

「だろ？」

鈑金名人は得意満面であった。

「よぅし、今日は気分がいい。せっかくだから、アーク溶接でもやってみっか？」

「うん」

「荒井さん、子供に溶接は……」

思わず裕子は口を出した。

「そうかい？なんでも早いほうがいいと思うがなあ。まあ、中坊になってからでも遅くはねえかなあ」

「いえ、その……」

裕子は微妙な顔をした。

悟を可愛がってくれているのはありがたいが、あまり偏った知識ばかりを教えられても、母親として対処に困ってしまう。

荒井には息子と娘がひとりずついて、それぞれ自立して別の家に住んでいると聞いている。子供も孫も機械系の話題にはまるで興味がなく、悟のように熱心に話を聞いてもらえるのが楽しくてしかたないらしい。

「裕子さん、ちょっときてくれ」

雄造（ゆうぞう）に呼ばれた。

工場の前に上品なサファリブラウンの日産ブルーバードが出されたところだ。雄造が運転席のサイドウィンドウを開けてこちらに顔をむけ、ボンネット側にはオーナーらしき年配の客がクルマを嬉（うれ）しそうに眺めている。

「あ、はい」

返事をしてから、裕子は荒井に向き直った。

「悟のこと、ご迷惑でしょうがよろしくお願いします」

「任せてくんなって。ようし、乗ってきたところで、お次はロータリーエンジンの仕組みを教えてやろう。坊、ロータリーエンジン好きだろ？」

「わかんない」

ロータリーエンジンとは、三角形の特殊ローターによる回転運動を動力化するという当時としては画期的なエンジンであった。

コンパクトで高出力、そして環境性能に優れていることで未来のエンジンだとされていたが、燃費が悪く、レシプロエンジンの高効率化もあって、世界で唯一ロータリー車の生産をつづけていたマツダ社も現在では販売していなかった。

　初めてロータリーエンジンを搭載した初代マツダ・コスモがウルトラマンなんとかに出ていたとか、一九九一年のル・マン二十四時間レースで4ローターのマツダ787Bが日本車初の総合優勝を果たしたなど——。

　どうやら、男の人にとっては、ロマンをかきたててやまないエンジンらしい。

「なあに、男の子ならどっぷり好きにならあ」

　母としては、そこそこの好きで留めてほしいところである。

「いいか？　ロータリーエンジンってのは、おにぎりの形をしたローターがぐるんぐるん回転して……おーい、恵ちゃん、ちょっとこいや」

「へーい？」

「おまえ、ロータリーをやんな」

「へ？」

「三角形になってまわれってんだ」

「あー、こうっすか？」

「ちがうちがう。もっとハウジングに沿って微妙なカーブをつけんだよ」

「いや、それだとアペックスシールの尖ったところが——」

恵が加わったことで、母親の気がかりがツインローターになって加速したが、裕子は苦笑で済ませて雄造のところにむかった。

ぐぉんっ、と。

心地よく耳をくすぐる排気音が響いた。

雄造はボンネットの開いたエンジンルームに手を突っ込み、くっ、くっ、と指先でアクセルワイヤーを引っぱって吹かした。

電子制御が発達した現在の車種ではできないことだ。耳を澄まし、指先に伝わる振動でも異常がないかをたしかめているのだ。

おっ、おぉっ……おぉんっ。

——やや重ったるいか……。

だが、エンジンはストレスなく上までまわっている。それでいて、低回転に落ちても安定してアイドリングのリズムを刻んでいた。

「まあ、こんなもんだ」

雄造はボンネットを降ろすと、作業着の袖で額から滴る汗をぬぐった。今年の残暑は厳しく、工場の中にこもる熱気を送風機がフル回転で追い出していた。

いじっているのは、510型の日産ブルーバードである。

一九六九年式で、排気量は1600cc。グレードはSSSで、スーパー・スポーツ・セダンの略だ。全長約四メートルとコンパクト。車重も九百キロ台の軽量級だ。数値的にはトヨタ・ヤリスと大差はなく、全高はブルーバードが十センチほど低いくらいだろう。

新開発のL型四気筒エンジンを搭載し、当時としては先進的な独立懸架式のサスペンションを採用したこともあって、世界一過酷とされる東アフリカ・サファリラリーで日本車初の総合優勝を成し遂げた名車であった。

「ええ、矢作（やはぎ）社長の整備なら安心ですよ。あと十万キロや二十万キロは走れそうだ」

オーナーの牧野宏信（まきのひろのぶ）も満足そうだった。

たしか、今年で七十六歳になったはずだ。背が高く、よく摂生された痩身で、しゃんと背筋が伸びている。白髪はきれいに手入れがされ、ぱりっと糊（のり）の利いた白シャツにデニム地のジーンズを粋（いき）に着こなしていた。

悠々自適に余生を楽しんでいるといった風情の老紳士である。

「クルマのほうが、あんたより長持ちするかもな」

「そうだねえ」

「牧野さん、今回は車検を通しただけだ。ざっとチェックして、消耗品は交換した。気の利いたオーナーなら、自分でもやれることだ」

「いやいや、このブルの整備はねえ、やはり社長でなければいけませんよ。半世紀も昔に製造された骨董品なのに、今でもぱりっとしてるのは、あんたが入念にレストアしてくれたおかげですからね」

「仕事だからな」

　雄造は、素っ気なく答えた。

「引き受けたからには、きっちり仕上げるさ。とくに希少性のない、ひたすら古臭いだけの国産車に金を出してくれるんだ。いいお客さんだよ」

　しかし、牧野氏は穏やかに微笑んでいる。

「うん、商売だからねえ。お金のことはきちんと考えないと。ねえ、裕子さん？」

「あ、はい……」

　同意を求められて、裕子はオタオタしていた。

　牧野氏は、同じ町内に住んでいる古い常連客だ。顔繋ぎをさせるため、裕子にもクルマの引き渡しに立ち会わせたのだ。

「これ、ほとんどノーマルなんですね」

「ええ、でも、オリジナル至上主義ってわけではありません。ノーマルでも性能は充分。オートマだから面倒なクラッチ操作はありません。ハンドルのパワーアシストなんかないけど、昔のスカイラインに比べれば軽い軽い。ただし、クーラーだけは最新式ですけど」

「はあ……」

「若い人には、あまり実感が湧かないかな？　バッテリーが強くなって、電子制御もあたりまえの時代になって、ずいぶん経ちますからね」

「い、いえ、若いなんて……」

裕子は頬を赤らめた。

牧野氏の半分も生きていないが、それでも三十四歳の女盛りなのだ。

褒められたことが恥ずかしかったのか、

「あの……とても、きれいなクルマですね。四灯の丸目ライトも可愛いですし」

と裕子はクルマに話を戻そうとした。

「ふふ、ありがとう」

牧野氏はうれしそうに眼を細める。

「歴代ブルーバードの中でも、僕は510型が一番好きでね。なにしろ、初めて所有した愛車ですしねえ。410型にはあったレトロな三角窓が廃止されたのは残念ですが、直線的ですっきりとしたボディは〈スーパーソニックライン〉といって、いまでもまったく見飽きない。床の間に飾っておきたいくらいです」

クルマ好きの例に漏れず、牧野氏も愛車については多弁だった。それでいて、蘊蓄の厭らしさが臭わないのは人柄によるものだろう。

ふん、と雄造は鼻を鳴らした。

「牧野さんは、裕ちゃんファンってだけだろ」

「いやあ、裕ちゃんは女房がファンだったんだ。僕は浅丘ルリ子が好きだった。でも、結婚する前の女房と初デートであの映画を観たからねえ」

「ユウちゃん?」

裕子は、話が見えずに小首をかしげていた。

「昔ね、『栄光への5000キロ』という国際ラリーを舞台にした日本映画がありましてね。大スターの石原裕次郎が主演で、浅丘ルリ子がヒロイン。世界の三船敏郎もゲスト出演してて、とても豪華でした」

「ああ、そんな映画があったんですね」

裕子にも、なんとなく伝わったようだ。

「日産自動車が映画のタイアップをしていましてね。ラリードライバー役の裕ちゃんが510ブルーバードに乗っていたんです。日本の車と日本人のドライバーがね、夕陽の紅に染まる広大なサファリの大地を疾走していく映像に、大学を出たばかりの僕はしびれましてね。父親に就職祝いだと口説いて買ってもらいました」

「年寄りの昔話は長い。裕子さん、適当に聞き流しな」

「はあ……」

裕子は曖昧に微笑んだ。

「とにかく、この510ブルは、いわば僕の初恋の一台です。家族とドライブを楽しんだ想い出が詰まってますしね」

「ロマンチックですね。じゃあ、ずっと大事に乗られていたんですか？」

「その初恋を納屋で腐らせてたのは誰だったかな」

雄造の憎まれ口を、牧野氏はさらりと受け流した。

「まあ、十年ほど愛車にしてましたけど、でもね、さすがエンジンもボディもくたびれてきて、BMWに乗り換えました。それで、ブルを処分するかで悩んだのですが、売るにはしのびなくてね。ナンバー登録だけ抹消して納屋にしまい込んでたんです」

「それから、軽く三十年は放置だ」

「すっかり忘れてましたからねえ」

「でも、どうしてレストアしようと？」

裕子が真剣な眼差しでそう訊いた。

「ふと気がついたら、定年退職の歳になっていたんですよ。定年後も会社に引き留められて役員として残ってはいたけど、少しは自分の時間を持てるようになった。でも、僕は仕事人間でしたから、たいして趣味もないし、暇を持て余していました」

子供たちは独立して、牧野氏は古女房と二人暮らしだった。新婚でもあるまいし、いまさら顔を突き合わせて話すことはない。

そこで、ようやく510ブルのことを思い出したらしい。

「家の納屋で埃をかぶっていたブルを眺めているうちにね、ぶわっと昔のことが一気にフラッシュバックしてね。なんだか……もったいないな、と。ちょっと走らせてみたいな、と。そう思ったんです。でもね、ディーラーに相談したり、車検で世話になってる工場に相談しても、あまりいい顔はされなくてねえ」

そうなるだろうな、と雄造も思う。

販売店にとっては、新車を買ってくれる者が上客だ。町工場であれば車検の数をこなしたほうが商売としては効率がいい。

不動車を持ち込まれても、余計な手間がかかるだけで旨味はないのだ。

「さて、どうしたものかと頭を悩ませていたときに、そういえば近所にクルマをいじってるうるさい工場があったな、と」

「うるさい工場で悪かったな」

「社長とは、そのときに？」

「もう十五年か……六年前になるのかな？」

「ああ、そのくらいだ」

「社長、このブルが初めてのフルレストアだったんじゃないかな」

「そうだな」

牧野氏が若かったころの愛車だ。荒い運転でふりまわされ、放置される前には、すでにボディ全体がゆがんでいたはずだ。

鉄板にしろ、塗装にしろ、半世紀前の製造技術だ。

走行中にハネた小石が塗装を傷つけ、ボディの下回りは雨と泥で腐食する。

屋根はあっても、長年の放置で錆の侵食はすすんでいた。

マフラーは落下し、ぐずぐずに崩れて土に還りかけていた。ボディからはサスペンションが突き抜け、フェンダーも、ドアも、床下も、錆で大穴が空いていた。

それはそれは眩暈がするほどひどい状態であった。

雄造も町工場の主だ。事故車の修復は山ほど手がけていた。が、あそこまで朽ちていたクルマの再生作業は初めてであった。

「おうっ、そのボロを直すのは苦労したぜ！」

と荒井が遠くから吠えた。歳のわりには地獄耳なのだ。

雄造もしみじみとうなずく。

「まあ、苦労はしたな」

「主におれがな！」

「ああ、主に鉄さんがな」

荒井と恵は、背中合わせになって交互に正拳突きを繰り出し、悟がそれを真剣な表情で見つめていた。仕事中になんのつもりだ、と雄造は訝しんだが、どうやら水平対向エンジンの原理を説明しているようだった。

「荒井さんのボディワークは、もちろん名人芸ですけどね。でも、僕はね、社長の真摯な仕事ぶりに感動したんですよ。あの510ブルが新車同然……いや、新車のときでも、これほど真っすぐに、気持ちよく走ることはなかった。あとのメンテナンスも任せっきりで、社長にはずいぶん感謝してます」

「おれもいい勉強をさせてもらった。この仕事を持ってきてくれなかったら、とっくに工場を潰していたかもしれん」

雄造の本音である。

客層が改造車に偏っていたことで、一般整備の客が離れていた時期だ。当時のヤハギは経営的に厳しい状態に追いつめられていた。

それが、510ブルを手がけたことがきっかけで持ち直した。ヤハギはどんな旧車でも再生できると口コミで評判がひろがり、旧車のレストア依頼がぽつりぽつりと入りはじめ、車検整備の業務まで盛り返したのだ。

おかげで、いまも銀行の融資も順調に返済できている。

「ここまで完璧なレストアだと、ずいぶんお金がかかったんでしょうね？」

裕子が、素朴な質問をぶつけた。

それに答えたのは雄造だった。

「ああ、古いクルマだからといって、安く上がるとはかぎらないからな。フルレストアをすれば、フェラーリもコロナも料金は変わらん」

「えっ、そうなんですか？」

裕子も、あのころは整備士ではなかった。目先の書類を自動的に処理していただけで、客の懐具合など深く考えたことはなかったはずだ。

「まあ、僕のようなオーナーにとってはね、クルマへの思い入れが、そのまま価値に反映されても受け入れられるんです。家族からすれば、ただのゴミでもね。クルマを移動手段やステータスのためと割り切って、新車を次々と乗り換えるのも悪くはない。お金を使えば経済もまわる。ただ、ぼくの価値観とはちがうというだけでね」

「初恋のクルマだからですか？」

「ええ、それに尽きますねえ」

「だが、あんたと同じで510ブルも年寄りだ。しょせんは機械。いつかは壊れる。パーツだって、いつまで確保できるかわからん」

にや、と牧野氏は笑った。

「なければ造ればいい」

「あ？」

「社長の言葉ですよ」

「ん……ああ……」

昔、そういった記憶はあった。

生意気盛りのコゾーであったころだ。あらためて人の口から聞かされると、気恥ずかしくなるほど青臭い言葉だった。

あのときは、旧車再生という作業に思いがけないほどの情熱を注ぎ込み、若いころに戻ったかのように意気がみなぎっていた。

治具(じぐ)を新たに作成し、崩壊しかけた車体がバラバラにならないようにした。外せる外装パーツを慎重に引っぺがした。錆やスラッジで固着したネジをハンマーでぶっ叩(たた)き、バーナーで炙った。ひとつひとつ根気強く外していかなければならなかった。

必要なパーツを探して、なければ再利用(リビルド)か、もしくは一から造り直しだ。

ひたすら工夫を重ねるしかない。

人が作ったものだ。人の手で直せないはずがない。

心の中で、そう唱えつづけた。

改造車の世界に倦(う)んでいた雄造にとって、旧車の再生に没頭する日々は劇的な清浄効果をもたらした。ガソリンに添加剤をぶち込んだように、凝り固まっていた燃え滓(スラッジ)が溶け、身体中(からだじゅう)から倦怠(けんたい)感とストレスを洗い流してくれた。

――クルマとはなんだ?

どこまでいっても、主体は人間だ。

その機械を所有し、ハンドルを操るドライバーではないのか?

ならば――。

クルマの再生とは、オーナーの人生をレストアすることではないのか？

依頼主の人生と向き合い、クルマとの信頼関係をむすぶ。全力で仕事を果たし、顧客はそれに満足して大金を払ってくれる。

そんなことを改めて学んだ気がしたのだ。

「牧野さん、あんた、いつ免許を返上するんだ？」

「さあ……いつまでハンドルを握れますかねえ」

牧野氏は穏やかに、しかし少し寂しげに笑った。

「何事も潮時というのは、必ずやってくるものですからねえ」

さーとーるーくーん、と甲高い少年の声が聞こえた。

ちら、と雄造が眼をくれると、遊びに誘いにきたふたりの友達のところへ、悟が元気よく駆け出していくところであった。

友達は、鉄道好きの男の子とアニメ好きの男の子らしい。教室では変人トリオと見なされ、それなりに受け入れられているようだった。うむ、と雄造はうなずく。あとは好きな女の子でもできれば万全の青春であろう。

荒井と恵は、遊び友達をとられた子供のように寂しげな顔を並べて悟を見送っていた。


小牧(こまき)がトイレから出ると、事務所の電話がけたたましく鳴っていた。

「なんだよ。誰も出ねえのかよ」

工場では、爺様(じいさま)とピアス女が遊んでいる。

社長と裕子は常連客と談笑していた。

くぴっ、と小牧の眼が険しく細められた。

真面目に仕事をやっているのは自分だけなのだ。

ちっ、と舌打ちする。

しかたなく、小牧が事務所で受話器をとった。

『おい、はやく出ろよ！　いつまで客を待たせるんだ！』

バックファイアのような怒鳴り声が鼓膜をふるわせた。

「あ、さーせん……」

『さーせんとはなんだ！　謝るなら、きちんと謝れ！』

「す、すみません」

小牧は顔をゆがめた。

運が悪いことに、イヤな客からの電話をとってしまった。

『まあいい。で、おれのクルマはいつ仕上がるんだ？』

「え、ええ……あのクルマですよね？　赤いブルの？　510の？」

工場の前で引き渡しされているブルーバードと同じ510型だったが、こっちはエンジンの排気量が1800㏄の上級モデルだった。

小牧は頭の中で、仕様書と工程表をめくった。

そのブルーバード1800は、自走可能だったが、ボディはかなり傷んでいたはずだ。ひとまず錆止めの処理をほどこして、工場の隅に長らく放置されている。

「いや、すいません。もうちょっと待ってください。いまですね、社長が必要なパーツをかき集めてるところで……」

『こっちは、もう半年以上も待ってるんだ！　何度社長に訊いても、もうちょっと待てとそればっかりだ！　ふざけてんのか！』

一方的に、居丈高(いたけだか)に、高飛車に怒鳴り散らされた。

常連ではなく、今回が初めての客だ。

病院の経営者で、金と暇はたっぷりと持っている。歳をとって、若いころに乗っていたクルマを所有してみたくなったのだろう。

そのくせ、おれはクルマには煩いんだと威張っている。

いけすかない男だった。

同じ510オーナーなのに、老紳士然とした牧野氏とは大違いだ。なぜ自分がこんなに横柄な客の相手をしなくてはならないのか……。

理不尽さにハラワタが煮えた。

——社長も社長だ。ちゃんとパーツ探してんのかよ？

『これ以上遅れるようだったら、他の工場に持ってくぞ。金はいくらかけてもいいんだ。ただし、最高の仕上がりじゃなきゃ我慢できん。レストアの名人だと聞いたから頼んだが、やってくれるとこはいくらでもあるんだからな』

好きにしてくれっ！

小牧は、そう吠えたかった。

そのとき、ふと思いついた。

——どうせ、ここで必要とされていないんだったら……。

小牧の眼が据わってきた。

あの親子がやってきてから、職場が妙に浮ついている。女だから、身内だからと甘やかされ、工場の中にまでガキがのさばるようになった。

もういいや。

こんな小汚い工場なんざ、もういらねえ。

どうせ社長に認められていないんだ。自分の腕なんて。なら、ハネるしかない。無駄な時間を過ごしたもんだ。もっとはやく見切りをつけるべきだったのだ。自暴自棄を炸裂(さくれつ)させかけたが、三十路(みそじ)という年齢が、かろうじて客への罵声にブレーキをかけた。


小牧は、乾いた唇を舌で湿らせた。

「あー、あのですね」

「なんだ？」

「いえね、もし本当にお急ぎでしたら――」

猫なで声で、小牧は提案を転がした。

二

「敬司(けいじ)さん、やっぱり参加しませんか？　ねえねえ？」

「……しつけえなあ」

チューニングショップ〈アロー・スピード〉――。

矢作敬司が経営する店だ。

近場に高速道路とバイパス道路が交差し、国道を少し走れば山や峠もある。住宅街からは離れ、チューニングカーの試走には絶好の立地だった。

店名のスマートなロゴは、大手のデザイン事務所に発注したものだ。3K上等な自動車改造工場のイメージを払拭するため、若手には工場内の整理と掃除を徹底するように口やかましいほど指導している。

この接客スペースも充分に気を遣っていた。

壁一面のガラス窓で光を入れ、ログハウス調のざっぱりした内装に仕立てた。通い慣れたカフェのようにくつろげる空間を演出するためだ。

「もうサーキットには飽きたんだよ」

敬司は、顔をしかめてコーヒーをすすった。

「同じコースをグルグルまわってタイムアタックに一喜一憂ってのにはな。チューニングカーってのは、やっぱりストリートでの走りが勝負だろ?」

「いやいや、いまだとコンプライアンス的にアウトですよ。ウェブ版でもダメ。うちも商業雑誌なんでねえ。公道レースなんて、表の記事に出せないご時世ですよお」

スキンヘッドの男が軽薄に答えた。

サングラスにヒゲだ。

左の耳たぶがネズミにかじられたように欠けている。

堅肥り（かたぶとり）のプロポーションに、わざとらしく日焼けした肌。これで黒シャツにシルバーのネックレスとくれば、一世代前のマンガに出てくるヤクザのスタイルだが、これでもチューニング雑誌の編集長であった。

「はん、雑誌屋さんもずいぶん行儀よくなったもんだな。昔はモラルなんざくそくらえで、ずいぶん危ない企画もやってたじゃねえかよ」

「そりゃあ、おれがこの業界に入る前のことですよ。もともとアンダーグラウンドの世界だったのに、いきなり金回りがよくなって、みんなおかしくなってたしね。そのときのツケがまわって、いまや空前の廃刊ラッシュじゃないですか」

「……ま、そうかもな」

「だいたい、そんな四半世紀も昔の話をされてもねえ。あー、もしかして、古株アピールでマウントとりたいんですか？」

「うるせえよ。てめえだってアラフォーじゃねえか」

ファッションはレトロなヤクザ仕様だが、この編集長はＩＴ企業から転身してきた変わり者だ。とにかく商売のセンスはあるらしい。

「だから、ね？　敬司さん、健全なサーキット企画やりましょうよ。うちも無い袖をぶんまわして後援してるんだしさあ。名門〈アロー・スピード〉さんが出てくんないと、ほら、記事のグレードもがくんと落ちるじゃない？　ショップの宣伝にもなるよ。雑誌が斜陽メディアとはいえ、まだまだバカにしたもんじゃないんだから」

「いいんだよ。もう宣伝なんかしなくたって。客は足りてらあ」

敬司のショップは、パワフルなチューンドマシンをサーキットに持ち込んでのタイムアタックなどで名を馳せてきた。

狭い業界だ。

有名になれば、本物を求める客は自然と集まってくる。こちらの技術で満足させれば、さらに口コミで新規の客が寄ってきた。

ネットの時代になってからは、なおさらだった。

「それより、なんだよ、おまえ」

敬司は、低い声で凄んで見せた。

「うちにテスラで乗りつけるたあ、いい度胸じゃねえか？」

「あー、いやいや、時代はＥＶですよ。うん、環境性能の時代なんですよ」

チューニング雑誌の編集長とは思えないセリフだ。

「はたくぞ、てめー」

「冗談はともかくさー。ほら、補助金モリモリで、金持ちの税金対策ってイメージがあるけど、これが大人が楽しむオモチャって感じでね。まだ充電に時間かかるし、バッテリーはクソ重いけど。重心が低くて、ハンドリングも良好。サーキットでも、まあ速い速い」

「……らしいな」

敬司も、しぶしぶ認めた。

テスラは、アメリカの新興メーカーが造った電気自動車(EV)だ。古い伝統やしがらみに囚(とら)われず、自由な発想と斬新な製造方法、さらにネットを最大限に活用した販売手法によって発表当初から業界では大きな話題になっていた。

モーター駆動だから、アクセル踏めば即トルクが全開だ。重いバッテリーは、車体のどこにでも分散して設置できる。つまり、重量配分の自由度が高い。重量物を低く、車体の中心に集中させれば理想的なハンドリングマシンのできあがりだ。

「子供にもウケがいいんだ、あれ」

「子供なあ」

この顔で、このスキンヘッドで、このガラの悪さで、この編集長は妻子持ちなのだ。敬司にも結婚経験はある。

兄貴とちがって、女にはモテてきた。

だが、会社を立ち上げたばかりで、何日も工場に泊まり込んでクルマをいじっているうちに逃げられた。子供はできなかった。後悔はない。自分の人生だ。自分の仕事だ。好きなことをやるには身軽が一番だった。

「これからメーカーもたいへんですよ。もう内燃機関どころじゃない。ヨーロッパじゃ、ガソリン車を廃止する方向だっていうしね。まあ、古いクルマを愛する文化があるとはいえ、時代の流れには逆らえないのかなあ」

「ふん……」

この先、EV車の割合が増えつづけ、小所帯のクルマ工場などは激減するだろう。電子部品が多くなり、メカニズムは複雑化する一方だ。常に最新技術を吸収しつづけなければならず、もはや町の工場でいじれるレベルを超えている。

整備士というより、技術屋の領分であった。

しかも、効率のいい収入源である車検依頼や、タイヤをはじめとする自動車用品の販売や交換作業にしても、これからは大量の商品を仕入れることで値引きができる全国店舗の大手がかっさらっていく時代になるはずだ。

「ねえ、競争社会なんだからさあ。要領よく生き残るところもあれば、不器用な経営で倒産することもある。雑誌屋と同じだよね」

でもさ、と雑誌屋はつづけた。

「やっぱり、金だけじゃないんだなあ。稼ぐだけなら、方法はいくらでもあるからね。この歳になると、ただ生きていくだけじゃ辛い辛い。だから、これで食っていきたい。そんな覚悟と執念。それとも狂気と紙一重の情熱かな。とにかくさ、本気の本物の他は、ぜーんぶ淘汰されちゃう。つか、淘汰されるべきだよね」

その通りだ。

どの世界でも本物だけが生き残ればいいのだ。

足を止めて、時代に乗り遅れれば、ただ滅びるだけだ。

「で、案外さあ、これから旧車のレストア商売が有望なんじゃないかなあ。ほら、若いころに憧れて、所有したくてもできなかったクルマ。歳とって、金回りもよくなって、いっちょ青春リベンジしようか、なんてね」

「あ、ああ……」

敬司は思い出していた。

昔、兄貴がボロのブルーバードを引っぱってきた。510だ。敬司は呆れて、ついにヤキがまわったかと嘲った。

クルマへの情熱を失って、ただ惰性で仕事をまわしていた兄に失望し、すでに知識や技術でも負けない自信を持っていた時期だ。

兄貴はチューナーとして脱落した。

そう思った。

もう兄貴の背中を追っていく必要はなくなった。

それでも、気に入らなかった。

兄貴は、電子制御のカケラもない旧車の復元に熱中していた。いつも仏頂面だったが、そのゴツい背中が楽しそうに弾んでいた。それが敬司を苛立たせた。時代遅れのポンコツをいじって、なにが面白いというのか……。

——おれは正しかったはずだ。

職人肌といえば聞こえはいいが、商売センスのない兄だ。それを反面教師にして、チューニングを仕事として成立させてきたという自負がある。

広告塔となるデモカーは、金と手間を惜しまずチューニングをほどこした。

客に対しては、自分のこだわりを排して柔軟に対応した。

空力パーツ、マフラー、車高調サスペンション、過給器の換装、ＥＣＵチューンなど、軽めのチューンからヘビーな改造まで、客側の知識と運転技術と懐具合に合わせた仕様をトータル・デザインで提案し、ラフに扱っても壊れないレベルで仕上げた。

ただし、自社ではオリジナルのパーツを開発しない。

技術のある個人、あるいは小ロット生産しかできない零細メーカーで開発した社外パーツを〈アロー・スピード〉のブランドで売るだけだ。

いくら性能がよくても、無名メーカーでは客も手を出しにくい。開発元は敬司のブランド力を利用し、こちらも在庫を持て余すリスクを巧みに回避できる。

互いにメリットはあるのだ。

やりたい仕事――できる仕事――。

案外、このふたつは両立しないんだ、と。

不良時代のセンパイに教わったことだ。

しかし、敬司はやり遂げたのだ。

だからこそ、ここまでショップは大きくなった。

チューナーは町の修理屋ではない。クリエイターだと思っていた。市販車に新しいものを付け加え、センスよくまとめて客に満足感を与える。吊るしの既製品より、服はオーダーメイドが最高だろう。

クルマも同じだ。

だが、なぜこうも現状に心がささくれるのだろう。

「最近、ネットの動画サイトとか覗くとさ、名車ヒストリーとか、メーカーさんのしくじり車とか、ネタとして面白可笑しく紹介されてるしね。本屋にも旧車専門の雑誌はある。レストアを趣味でやってる人も昔からいる。自動車メーカーだって、自社の名車をリビルドする部門を立ち上げてる時代じゃない？」

敬司は、黙ってうなずいた。

興味を持てば、自分でも所有してみたくなる。

時間がある者は自分の手間を注ぐ。

金を用意できる者はプロに任せる。

アマチュアの手作業も楽しいものだ。不細工な出来でも、手作りの作品には愛着がわく。鈍重なハイエースでも、ショックとタイヤを換えるだけで乗り心地がちがう。座席やハンドルの位置を調整すれば、ますますドライブが快適になるというものだ。

バカにしてはいけない。

それらもチューニングのひとつなのだ。

しかし、専門職の仕上がりに敵うはずがない。誰だって、本物がほしい。世界に一台しかない最高の宝物がほしいのだ。

それだけに、本物の技術があるレストア専門店は生き残る。

そういう理屈らしい。

「社長のお兄さまがやってるレストア業務なんて、じつは最先端なんだよね」

「……お兄さまとか呼ぶな」

敬司は吐きそうな顔で睨んだが、軽薄な雑誌屋はどこ吹く風だ。

春先に、この男はヤハギで兄貴と会っているのだ。敬司を一人前のチューナーに育てた男が、なぜ改造車からあっさり足を洗ったのか興味を持ったらしい。

矢作雄造の取材嫌いは有名だから、中古車ブローカーと名乗って口から出任せの与太話をしゃべりまくってきたようだが、取りつく島もない態度で追い払われたと聞いている。

「いやあ、あれで商売っ気があれば、もっと繁昌するのにねえ。もったいないよね。敬司さん、ビジネス面でレクチャーしてあげればいいのに」

「ふん、あれが聞く耳なんか持つかよ」

「でもさあ、ちょっと聞いた話なんだけど、新城工業がさあ、ヤハギ自動車商会を吸収したがってるみたいなんだよね」

新城工業は、地元の大手自動車メーカーと密接な関係を築き、自動車の生産設備や技術開発の提供などをしている会社だった。

レストア部門もあり、大手自動車メーカーが運営する自動車博物館に展示されている歴史的価値のあるクラシックカーを数多く手がけていた。

「ヤハギの社長も知る人ぞ知る名人だけどね、ほら、あそこはボディワークの達人がいるでしょ？」

「荒井のとっつぁんか……」

荒井は、若いころはメーカーの自動車試作部にいたらしい。自動車の設計にコンピューターが導入され、職人技が重要視されなくなったことで、見切りをつけて退職して地元の鈑金塗装屋に入ったのだ。

小さい町工場で、塗装はそこそこだが、鈑金技術は一流だと業者間では評価されていた会社だ。ボディワークの達人がいるという噂がひろまり、ヤハギ自動車商会でも事故でひしゃげたボディの修復を何度か依頼していた。

あのときも——。

兄貴は510ブルの修復で相談にいったのだ。

だが、前年にそこの社長が代替わりしていた。

先代は人情家で、面倒な仕事も厭な顔ひとつしないで引き受けてくれたが、息子の若社長は経営方針を一新させていた。利益の薄い国産大衆車より、高価な外車に乗っているオーナーの保険で大々的に稼ぐという考えだった。

経営者としては同意できる。

金にならない仕事は、すでに仕事ではない。前世紀の、しかも土に還りかけている国産車など、鼻先で笑われて門前払いが当然だ。

若社長の方針が正しかった証拠に、その会社は順調に業績を伸張させ、工場も拡大して最新設備をそろえたボディワークショップとなっている。

兄貴は、あの仏頂面で困っていた。

材料と工具はある。やってやれないことはないが、新車同様にボディを仕上げるのであれば、自分の技術では自信が持てなかったからだ。

しかし、その翌日――。

荒井が、ひょっこりと雄造の工場にあらわれた。

若社長と折り合いが悪く、大喧嘩(おおげんか)して辞めてきたという。荒井は笑って、ブルのレストアをやらせろやと自分から強引に売り込んできた。

そして、そのまま居座って、現在に至っている。

「とっつぁんの腕だったら、うちでもほしいくらいだ。だがな、あの兄貴が、いまさら身売りするとは思わないけどな」

「そうですか？　借金でヤバいって噂も聞いたけど」

敬司は顔をしかめた。

もし倒産したとすれば、あのヨタハチだけはどんな手段に訴えてでも引っぱっていかなければならなかったが……。

「ま、だいじょうぶだろ。牧野さんが後ろ盾やってんだ。地銀の元重役で、定年後も相談役として残ってた人だ。ヤハギの工場を新設するときだって、あの人の口利きで銀行から無理のない返済プランを組んでもらったはずだ」

優れた技術や知識には、そのうち金もついてくる。

融資というのはね、そういうもんだよ——と。

それが牧野氏の口癖だった。

「へえ、そうなんですか？　まあ、あくまでも噂ですからねえ」

そのとき、敬司のスマホが鳴った。

——誰だ？

スマホには、小牧の名が表示されていた。

三

夕方に吹く風がぬくもりを帯びていた。

夏の余韻――。

だが、もう秋は近い。

稲穂がさらさらとなびいている。

悟は帰宅する途中だった。

曇り空で、空気が湿っている。立ち昇るアスファルトの匂いが鼻先をくすぐった。

雨になりそうだった。ぽつり、と降ってきた。

家まで、あと少しだ。

あわてて走るほどではなかった。

しかし、あっ、と悟は声を出しそうになった。

ヤハギの工場から、見覚えのあるトラックが路上に出るところだった。かっこいいクレーン。敬司のユニック車だ。

その荷台に、カバーをかけられたクルマが載せられている。

工場のクルマを持っていくところだった。

もしかしたら——。

そう思ったとき、悟は駆け出していた。

「あっ、悟——」

工場の前でユニック車を見送っていた母が声をかけてきた。

悟は足を止めない。

裏手にまわり、古びた車庫にむかった。シャッターは閉まっている。安心できなかった。勢いがつきすぎて、戸にぶつかるようにして止まった。ノブにしがみつき、息を整える暇もなく戸を開いた。

——あった。

鈍く銀色に輝くボディ。

なんとなく、近寄るのが怖いと思っていたクルマだ。でも、興味はあった。強く惹かれていた。理由はわからないが、そこになくてはならないものだった。

ほっと安心した。

叔父が持っていったクルマは、これではなかったのだ。

この家に戻って、初めて近くで見た。

汚れで曇ったガラス越しではなく、こうして間近で——。

「あ、ああ……！」

悟の肩がふるえた。

口を手でおさえた。なにかが漏れそうだった。頭の中で、なにかが弾けた。ブレーキの金切り音。衝撃で小さな身体が前のめりになる。人形のように手足が暴れた。ガラスが砕ける。風が吹き込み、少年の髪が乱れた。

頭をなでる大きな手。

優しい微笑み。

その顔には、真っ赤な滴りが幾筋も——。

悟の口から声が放たれた。自分では聞こえない。でも、黒々とした塊を吐くようにして叫んでいた。手足が冷たい。力が抜けて、腰が折れ曲がった。尻に床の感触。いつのまにか座り込んでしまったらしい。

「——悟！　悟！」

遠くから、母の叫び声が聞こえた気がした。

四

「おい、どんな具合だ？」

居間に戻ると、落ち着かない様子で湯呑みを弄んでいた雄造が訊いてきた。

ええ、と裕子はうなずく。

「二階で、よく眠っています」

「そうか……」

裏手から息子の声が聞こえたとき、裕子は妙な胸騒ぎを覚えて様子を見にいったのだ。いつもなら、作業の音に紛れて聞こえない小さな声だったが、複雑な想いでユニック車を見送っていたのが幸いした。

悟はガレージで倒れていた。

裕子は蒼白になった。

眼に見える怪我はなかったものの、呼吸が荒く、汗もかいていた。雄造の主治医がいる病院に運んで診察してもらった。

熱中症でも貧血でもない。

過呼吸の発作で、精神的なものだろう、と医者は診断してくれた。

病院に着く前には悟の意識も戻っていたが、ぼんやりとして元気がなかったので、家に連れ帰って布団に寝かしていた。

「でも、どうしてガレージに……」

そこが裕子にはわからなかった。

悟は学校でもあいかわらず口数が少ないようだったが、近ごろは友達ができたようで、ひとまず安心していた矢先のことだった。

「敬司のやつがヨタハチを持っていったと思ったんだろう」

「んじゃー、思い出しちまったのかねえ」

矢作家に上がっていた荒井がそうつぶやいた。

「だから、いままで裏のガレージには寄りつかなかったんだろ？　ええ？　今回のがきっかけで、あの事故を思い出しちまったんじゃねえのか？」

「ああ……」

雄造も、それで腑に落ちたようだった。

「あの少年も可愛い顔して苦労してるっすねえ」

なぜか、恵までが居間でくつろいでいた。

裕子の胸が、きゅっ、と締めつけられる。

まだ悟は小学生だ。

事故から八年が経ったとはいえ、父親が死んだ現場に自分もいたという事実に向き合わなくてはならないのだろうか……。

「悟のことは、まあ様子を見るしかない。男の子だ。自分でなんとか乗り越えるだろう。ダメだったときは、そのときこそ大人が支えてやればいい」

雄造の言葉に、だなあ、と荒井も同意した。

「それよりもよぅ、まさか小牧のコゾーが裏切るとはなあ」

レストア中のブルーバード1800の件だ。

部品待ちで、半年以上もレストア作業がすすんでいないことに苛立ったオーナーが、敬司の〈アロー・スピード〉に乗り換えてしまったのだ。

よりにもよって、主任整備士の小牧が、雄造に黙って橋渡しをしたのである。解雇を覚悟しての暴挙なのか、それから小牧は工場に顔を出していない。

「敬ちゃんも敬ちゃんだぜ。兄貴の仕事を横取りするたあ仁義にもとるってもんだ」

荒井が肩を怒らせると、恵もノリで煽(あお)った。

「あー、〈アロー・スピード〉にカチコミっすか？　トラックで乗り込みますか？

それとも、まずは小牧さんを呼び出してシメます？」

「おっ、それいいな！」

荒井は嬉々として息巻いた。

それを制したのは雄造だ。

「放っておけ。こっちも仕事が遅れたのはたしかだ。それに、これまでの作業代と部品代はもらってある。文句はいえん」

「時間がかかんのは、先方も承知のこったろ？」

「結局、どこの店に任せるかはオーナーが決めることだ」

「でも……小牧さんは、どうして……」

ヤハギ自動車商会を担っていく人だと思っていただけに、この発作的な裏切りをどう受け止めていいのか裕子もわからなかった。

「小牧が旧車のレストアに不満なことは、おれも気付いていた。本当は、あいつもチューニングをやりたかったんだろう」

「え……？」

「だから、敬司のやつに小牧を預かる気はないかと訊いたことがある」

「敬司さんに？」

裕子には、雄造の意図がわからなかった。

「敬司が独立したときは、小牧もコゾーだったが、いまは一級整備士だ。この春から、うちも人手が増えたとこだし、もし本人がその気なら……と思ってな」

その移籍話を敬司から聞かされ、小牧は雄造に食ってかかったという。

——おやっさん、ほんとうに敬司さんにおれを預かれっていったんですか？

——社長、おれに工場の看板くれるって、荒井のおやっさんと話してたじゃないですか！

——なんで、おれじゃダメなんだよ！

——そんなに身内を贔屓(ひいき)したいのかよ……。

いい歳をした大人が、眼に涙を滲(にじ)ませて、子供のようにわめくのだ。小牧を宥(なだ)めるのに雄造も苦労したようだった。

「つまり、あれだ。社長んとこに義理の娘と血の繋がった孫が帰ってきたことで、てめえが見捨てられたと思い込んだってことよ」

「わ、わたし……そんなつもりは……」

「わかってる。裕子さんのせいじゃない」

「まったく、だからコゾーだってんだ。社長ってのは一国一城の主だ。憧れるのはわかるが、そんなに楽なもんじゃねえってのにな」

「あー、ガキっすねえ」

荒井と恵は呆れ顔をしていた。

「ま、小牧のことはいいやな。しかし、あのブルを〈アロー・スピード〉でやんのかあ。敬ちゃんも苦労すんだろうなあ」

「そんなにひどい状態だったんですか？」

いやあ、と荒井はかぶりをふった。

「ボディの腐り具合はたいしたこたあねえ。でもなあ、面倒臭い客なんだよなあ」

「人のことは人のことだ。やらせとけ。こっちはこっちの仕事をやればいい」

雄造は、むっつりと不機嫌そうだが、とくに悔しそうでもなかった。

ただ、510型のブルーバード1800が、きちんとレストアされるかどうかを憂えているような顔をしていた。

五

小牧が出奔してから、しばらくあとのことだ。

工場の片隅では、ほーん、ほんほん、ふーん、ほへーん、と弘中恵が独り言とも鼻歌ともつかない奇妙な声を漏らしながら自前のノートパソコンを機嫌よくいじっていた。

モニタには、チューニングショップ〈アロー・スピード〉のHPが表示されている。他にいくつも小さなウィンドウが開かれ、おびただしい数字や記号の列がめまぐるしく駆け回っていた。

学生時代に悪い友達からもらったハッキング・ツールをベースにして、恵自身が使いやすいように改造したものである。

優秀なプログラムで、クルマのCPUをメーカーが設定した安全基準を破ってまでいじりたいときに重宝しているが、民間レベルのセキュリティであれば、ネットワークを介して先方のパソコンに潜り込むこともできた。

もちろん違法行為であり、良い子はマネをしてはいけない。

「ほーん、あらら～、ずいぶん甘っちょろいセキュリティっすねー。不用心っすよー。さーて、どうしてくれようか。いやいや、人の仕事を横取りするような悪党には、きついお仕置きが必要っすかねー」

恵には、〈アロー・スピード〉のやり口がどうしても気に入らなかった。嫌がらせの悪戯にしてもタチが悪い。社長は客の問題だと納得しているようなので、いったんはそれで済んだことにしようと思ったが……。

一週間、二週間と経って、一ヶ月が過ぎたあたりで、突如として怒りがぶり返してきた。やたらと仕事が忙しいのだ。小牧がいなくなったせいで、ひとりあたりの作業量が増えたのだから当然のことだった。

よって、恵は個人的な制裁を加えることに決めたのだ。

「恵さん、なにしてるの？」

「うおっ！」

ふいに声をかけられて恵は驚いた。それでも顔はモニタからそらさず、眼と指先は一流ピアニストのごとくキーボード上を躍りまくっていた。

「……悟くん、ひとり？　他に誰もいない？」

「うん、いないよ」

んふっ、と恵は鼻から笑いを漏らした。

「あー、そうだ。悟くん、ちょっとここ押してみ」

「このキーボタン？」

「そうそう」

悟の指先が、たん、と無邪気にエンターキーを押した。

六

くそっ、と敬司は吐き捨てた。

「なんでだよ。なんでこうなった」

冷めたコーヒーを喉に流し込み、接客スペースのデザインチェアに深々ともたれ込んだ。眼を閉じて、指先で眉間(みけん)をもみほぐす。

がりっ、と歯がみをした。

よくないとはわかっているが、昔からの悪癖だ。

――なんでえ、たいしたことなさそうだ。

工場に運んだブルーバード1800を点検して、初見では、そう思ったのだ。

五十年落ちの古い大衆車にすぎない。エンジンも平凡な四気筒OHCのL型だ。敬司にとって、簡単な仕事だったはずだ。

オーナーの注文は、いわゆる〈羊の皮をかぶった狼(おおかみ)〉仕様だった。外見はノーマルで、パワフルなエンジンに仕上げればいいだけなのだ。

ターボ化も打診してみたが、自然吸気のフィーリングが好みらしい。ならば、徹底的なメカチューンで、パリッと仕上げてやると意気込んだ。

――たかがレストアで、オーナーの人生を拾い上げるだと？

敬司は鼻先で笑ったものだ。

兄貴の仕事は地味で古臭い。後ろ向きなだけのノスタルジーで、独りよがりもいいところだ。効率の悪い仕事ぶりを認められず、自分の人生を正当化するためにひねり出した小理屈にすぎないと決めつけていた。

自分なら、もっと効率重視でやる。

手を入れるところはきっちり入れ、抜くべきところは丁寧に抜く。

商売はバランスだ。

昔から数多くのチューナーに愛されてきただけに、L型エンジンの出力を上げるノウハウは確立されている。昔のレースで使われたメーカー純正のスペシャル品にこだわらなければ精度と強度に優れたパーツにも困らない。

点火装置をCDIに換え、キャブレターは伝統のソレックスだ。

排気の抜けがよく、フルスロットル時の音質に優れたマフラーとマニホールドを業界仲間の旧車ショップからとり寄せた。サスペンションは車高調整式でセッティングを追い込み、路面のホールディング性がよく乗り心地もしなやかに仕上がった。

製造技術が低かった時代のクルマだ。

それだけでオーナーも格段によくなったと思うはずだ。

素人（しろうと）など、そんなものだ。

思い入れを込め、神経をすり減らして丹念に仕上げたところで、ふーん、でおわりだ。わかりやすいものだけが伝わり、地味な作業の積み重ねには気付かない。

だが――。

仕上げたクルマを引き渡しにいくと、あのオーナーは激怒した。

注文とちがう。

これじゃない。

客をバカにしとるのか。

立派なのは看板だけだ。

こんなレベルで金をとる気なのか――と一方的に怒鳴られた。

敬司も頭に血が昇った。自分の仕事にケチをつけられるのが嫌いなのだ。どこが気に入らないのか説明しやがれと詰め寄ったが、オーナーは何度も話すのは面倒だからヤハギの社長に聞いてこいとせせら笑った。

いいがかりとしか思えない。

面倒な客だと聞いていたが、ここまでとは思わなかった。いや、客商売としては、充分に予想できる範囲だったはずだ。兄貴にいやがらせをする絶好のチャンスだと飛びついたばかりに冷静な判断を誤っただけだ。

おかげで、割に合わない仕事になった。

損切りの決断は早いほうがいい。工賃の回収は諦めて、すべてのパーツを元に戻してクルマを突っ返すこともできた。

しかし、敬司はそうしなかった。

ここで逃げれば、兄に負けたようでしゃくだったからだ。

何十年もチューンドカー一筋で生活してきた。引き受けた以上は、仕事ができませんでしたではプロの矜持が許さない。

屈辱を飲み下し、拝み倒す形で納期を延ばしてもらった。

とはいえ――。

ひと晩悩んでも、客が満足できそうなプランは浮かばなかった。そもそも、なにを求めているのか、さっぱりだ。自分勝手な客の思考回路などわかりたくもないが、闇雲に作業したところで結果は同じだろう。

ヤハギに問い合わせて、詳しい仕様を聞くわけにもいかない。

元凶の小牧にもわからないという。

このブルーバード1800については、兄の雄造がボディ以外の作業をひとりで担当していたらしく、小牧はタッチしていなかったのだ。

敬司が、煮詰まりに煮詰まって暗く鬱屈しきった午後であった。

ヤハギ自動車商会のキャリアカーが来店したのだ。


「……なんの用だ？」

敬司は、苦々しさを隠さずに出迎えた。

考えてみれば、兄貴がこちらのショップを訪れるのは初めてかもしれない。工場のメカニックたちも、ただの来客ではなさそうだと雰囲気で察したか、やくざの出入りでもあったかのように緊張を隠せていなかった。

雄造は、あいかわらずむっつりだ。

「510のエンジンを降ろせ」

挨拶も抜きで、いきなり要求してきた。

「必要なパーツを持ってきた。あのブルをやり直すぞ」

さも当然といった顔だ。

敬司は、顔をしかめた。無神経な歯医者に虫歯をなぶられたような気分だ。

「……どこで聞いた？」

雄造が口を開く前に、荒井が答えた。

「おう、小牧のコゾーが泣きついてきやがってな。いや、本当に泣いてやがったぜ。自分のせいで、敬ちゃんに迷惑かけちまったってな」

敬司は舌打ちした。

そういえば、今朝から小牧の顔を見ていない。

510ブルが手土産になるどころか、かえって面倒ごとを招いたことに責任を感じて逃げたのだろうと気にもとめていなかった。

だが、あのコゾーの行動は予想の斜め上だった。

まさか、裏切った元雇用主のところに泣きつくとは思ってもみなかった。神経が図太いのか、腹を切る覚悟ですがったか……。

「あのな、こっちが頼んだわけでも――」

「オーナーには話を通してある。すぐにエンジンを降ろす」

思案するふりさえ許されず、敬司はゴリッと押し切られた。

——しょうがねえ……。

どのみち、どうにかしなくてはならないのだ。

「おいっ、手の空いてるやつ！　こっちきて運べ！」

敬司が指示を飛ばすと、古株のメカニックたちが台車を引っぱってきた。ヤハギからの引き抜き組は、雄造や荒井の顔を知っているのだ。

キャリアカーの荷台には、頑丈な木箱やらダンボール箱が積まれていた。緩衝シートでくるんだ外装パーツらしきものもある。

それらを台車で工場に運び、雄造と荒井がひとつひとつ開いて確認した。木箱に入っていたパーツを見て、敬司は眼を剝いた。

「兄貴、このミッションは……」

「ああ、32R用だ」

「510につくのか？」

「らしいな」

「それに……こっちはインジェクターか？」

「そうだ。キャブレターをとっぱらって電子制御化だ」

敬司は啞然とした。

「おい、レストアとしちゃあ、邪道だったんじゃねえのか？」

「レストアと一言でいっても、いろいろあるということだ。あのオーナーは流行りの《レストモッド》をやりたいんだ」

「レストモッド？　ああ、あれか……！」

敬司も聞いたことがある。

レストモッドとは、〈レストア〉と〈モディファイ〉をかけ合わせた言葉だ。アメリカのカーホビー文化で生まれたカスタム手法であった。

博物館に展示するのであれば、できるだけ元の素材を重視して復元する。国宝寺社の修繕と同じで、先人の技術と工夫に敬意を払うためだ。古いパーツもとことん再利用する。素材も当時の材質を見つけ、その時代の技術で再現できればベストだった。

それに対して――。

レストモッドは外観はオリジナルを保ちながら、エンジンや足回りをアップデートすることで現代のクルマ事情に合った修正を加えるのだ。

クルマは床の間の飾りではない。

年式に気兼ねせず、がんがん走ることで積極的に旧車を楽しみたいという考えだった。

なんでもよ、と荒井が根性の悪い妖怪のような顔をした。

「あの客の息子も旧車が好きとかで、トヨタの86レビンを持ってるんだと。んで、その息子と張り合ってサーキットで勝負することになったらしいのな。でもよ、お互い仕事が忙しいとかで、日時を合わせるのが難しい、と。んで、来週ならなんとか予定がそろうとかで、それに急いで間に合わせたかったんだろうぜ」

敬司は低くうめいた。

「……そんな話は聞いてねえぞ」

「おれも本人からは聞いていない」

兄貴は生真面目な顔でうなずく。

「息子のほうが弘中のツーリング仲間で、そこから事情を聞いただけだ」

「弘中って誰だよ？」

「うちで働いてる真っ赤な髪の女の子だよ。弘中の恵ちゃんだ。あとでくるぜ」

「あ、ああ……」

そういえば、そんな女の子をヤハギで見た気もする。

「恵ちゃんは電装系が得意でよ、インジェクターのCPUセッティングを任せる予定さ。鍵のピッキングとかパソコンのクラッキングもお手のもんさね」

「なんだそりゃ？　危ねえ女じゃねえのか？　おい、うちのCPUにへんなプログラム入れる気じゃねえだろうな？」

「いやいや、クルマに悪戯はしないぜ。うちの社長がんなこと許すかよ。ちなみに、パンク・バンドでメジャーデビューが夢らしい。伊達に鼻ピアスはしてねえぜ？」

んなこと知るかっ、と敬司は大声で突っ込みたかった。

が、社員の手前、そんなみっともないことはできない。

無駄に感情のブーストが盛り上がっている。息を吐き、肩から力を抜く。抜けすぎて、もうどうでもよくなってきた。

「ふん、サーキットで走るだけなら、おれの仕様でもイケるはずだがなあ」

それなのに、あのオーナーは少し試乗しただけで怒り出したのだ。

「好みが合わなかったんだろう。医者のくせに感覚的に話したがる人だ。細かい仕様は、こっちで勝手に決めさせてもらった」

「兄貴、それでもクレームがきたらどうする？　またやり直しか？」

「そうなるな」

「客のわがままにふりまわされるだけじゃねえかよ」

そんなものは――仕事ではない。

「たぶん、だいじょうぶだ。面倒な客だが、モノの善し悪しはわかる人だ。文句が出ないレベルに仕上げてやる」

「自信たっぷりってわけかよ？」

「なあ、矢作家の兄弟さんよ、はええとこエンジンとっぱらってくんな。ボディは、ちゃんと切り張りしたんだろうな？　ええ？　あとは、おれが補強しといてやっからよ」

「わかってるよ」

「さあ、はじめるぞ」

「へっ、もうろくしてスパナの使い方を忘れてやしねえだろうな？」

「黙って手伝え」

「へいへい」

　ここはお手並み拝見だ。

「その前に、けじめだけつけとくか」

「あ？」

　敬司はふり返った。

　その顔に、兄貴の握り拳が飛んできた。

がつん、と。

懐かしい痛みに、なぜか敬司の口元はほころんでいた。

七

工場は定休日だった。

世間では平日なので、裕子は子供を学校へ送り出すと、午前中に洗濯と掃除を済ませてから、プレハブ車庫にひとりでこもった。

亡き夫のヨタハチを再生させるため、裕子は下準備として資料を眺めた。家の中で眼を通すより、夫と向かい合えるような気がしたからだ。

雄造から渡された資料は、チューニング雑誌からのコピー束、分解されたヨタハチの記録写真、手書きのノートやメモも含めて膨大な量であった。

書類をめくる指先が凍え、しばらくポケットで温める。いつのまにか、すっかり寒くなっていた。作業着の下も厚着でもこもこだ。そろそろガレージに赤外線ヒーターを入れる頃合いかもしれない。

何度も何度も読み返して、必要な情報は頭にたたき込んでいた。それでも、なかなかレストア作業には入れずにいた。

「……なにか足りない……」

そんな気がしていた。

技術も経験も圧倒的に不足している。整備士一年生なのだ。ただ、それだけではない。もっと大事ななにかが欠けているような……。

「よお、休みだってのにご苦労さん」

雄造の声ではなかった。

裕子は驚いて顔を上げた。

「敬司さん……」

「まあ、そう警戒すんなって。今日はヨタハチを盗みにきたんじゃない。それは、もういいんだ。秀一（しゅういち）のクルマは諦めたからな」

敬司は、ふてぶてしく笑いかけ、ちっ、と顔をしかめた。

左側の頬が腫れていたのだ。

「あ、あの、それ……」

「ああ、兄貴に殴られたところが、まだガタついてな。勘違いすんなよ。ブルの仕事を横取りしたせいじゃねえよ」

「えっ？」

「悟に……つまんねえ嘘をついちまったからなあ」

　また痛みに顔をしかめたが、今度は照れ隠しの笑みも混ざっていた。

「いや、何ヶ月も前のことだから、おれもすっかり忘れてたんだ。なんで今なんだよ。なあ？　急に用事を思い出したみてえに殴りやがって」

「はあ……」

「しかたねえ。どう考えてもおれが悪い。だから、すまない。あのときは、なんていうか……とにかく、子供を傷つける気はなかったんだ」

「いえ、そんな……」

「秀一のことは、おれにも責任がある」

　敬司はそうつぶやくと、壁に飾っていた革ジャケットに気付いて眼を細めた。

「ふん、まだ残ってたのかよ。いいジャケットだろ？　昔、おれがデザインして、知り合いの業者に作らせたやつさ。チューニングショップ〈ヤハギ〉の看板を背負って走るときのチーム服だ」

「そうなんですか……」

「でもな、あのころの兄貴はすっかりチューニングへの情熱が冷めちまってな。ショップの看板になるデモカーさえ造らせなくなった。おれは、それが気に入らなかったんだ。だから、秀一をそそのかした。自分のクルマだったら、兄貴も黙認するはずだってな」

その結果、秀一が死んでしまった。

敬司は、そう考えているらしい。

「それは……ちがいます！」

思いがけず強い言葉になった。

レストア業への転換期であったとはいえ、チューニングショップとして絶頂期であったヤハギ自動車商会には、さばききれないほど仕事が立て込んでいた。

雄造も敬司も忙しかった。

秀一に気をまわす余裕はなかったはずだ。

夜遅くまで工場で働いてから、裏の車庫でヨタハチをいじる毎日だった。疲れが溜まってるんだから休めばいいのに、と裕子は心配したが、好きなクルマをいじるのが疲労回復の薬なんだと夫は笑っていた。

あの夜、夫はようやくセッティングの方向が固まったヨタハチで少し近所を走ろうとして、その前に家のトイレにいった。

運が悪いことに、悟もトイレに起きていたのだ。

悟は、自分もクルマに乗りたいといってせがんだ。裕子は宥めて寝させようとしたが、いつもはおとなしい悟が珍しく駄々をこねた。

秀一は、仕事にかまけて息子と遊んであげられなかった後ろめたさがあったのだろう。よし、父ちゃんとドライブしようか、と悟の頭をなでた。裕子には、すぐ戻ってくるからと優しく笑いかけた。

そして――。

道路に飛び出した男を避けて、夫のヨタハチは陸橋にぶつかった。

低速だった。

が、秀一は打ち所が悪かった。

衝撃で脳内出血を起こし、病院に運ばれる途中で息を引きとった。悟は助手席のシートベルトに守られて怪我はなかったが、事故のショックで記憶が混乱し、高熱を発して何日もベッドから出られなかった。

「あのとき、わたしがあの人を止めていればって後悔して、自分を責めたこともあります。でも、誰かが悪かったわけじゃない。道路に飛び出した人だって、家に帰る途中で心臓の発作が起きたせいだと聞いています」

「そうか……そうだな……そうかもしれん」

放心したような敬司の声だった。

「まあ、とにかく……おれの用はそれだけだ。邪魔したな」

「あ、あの……」

「あ？」

「お義父さんは……なぜ秀一さんのクルマをレストアしなかったんでしょう？」

雄造も自分の手でやろうと考えていたはずだ。

その証拠に、譲り渡された資料には、そこかしこに雄造の書き込みがあった。丁寧な筆蹟で、我が子の快癒を願う親のように、細々と、びっしりと、凄まじい熱量を込めて書き記されていたからだ。

本人に問えばいいことなのかもしれない。

裕子には、どうしても訊けなかった。もし秀一の死に、雄造まで責任を感じて、それでレストアできなかったのだとすれば……。

敬司は、どう答えていいのか考えているように天井を見上げていたが、ふと思い出した顔をしてポケットから缶コーヒーをとり出した。

「おお、忘れるところだったぜ。おみやげだ」

「あ、ありがとうございます」

裕子は、缶コーヒーで手のひらをあたためた。

会話が途切れ、しんとなった。

裕子は言葉の接ぎ穂を探して、恵が〈アロー・スピード〉のHPをクラッキングしようとした件を思い出したが、これは秘密にしておいたほうがいいと口元を引き締めた。

難しいことはわからないが、恵はHP経由で〈アロー・スピード〉のパソコンに侵入し、〈アロー・スピード〉の管理システムを混乱させたかったらしいのだ。

実行に移さなかったのは、〈アロー・スピード〉のデータを吸い上げ、通信記録を探っているうちに、敬司が仕上げた510ブルにオーナーが納得せず、トラブルに発展していることがわかったからだった。

恵は、それで溜飲(りゅういん)を下げたらしい。

クラッキングは犯罪だが、未遂で済ませたので問題ないと思ったのか、敬司が510ブルで失敗したことを荒井に話し、荒井も笑いながら雄造に告げた。

だからこそ、小牧が電話で泣きついてきたとき、雄造は必要なパーツをすぐに用意して、〈アロー・スピード〉に駆けつけることができたのだ。

「……レストアで、オーナーの人生を拾い上げる、か」

へっ、と敬司は笑った。

「いや、兄貴の言葉さ」

「はあ……」

「たとえば、おれがチューンドカーが好きなのは、機械をいつも最高の状態にしたいからだ。本物がほしかった。誰のモノでもない。自分が信じられる自分だけのモノがほしかった。レストアを頼むオーナーだって、そのへんは同じなんじゃないかと思うがね」

「自分だけの……本物……」

「よくわからんが、兄貴が直したんじゃ、秀一のクルマにならないって思ったのかもな。くそっ……やっぱり、兄貴の腕はたいしたもんだ。チューナーとしては、おれが上だなんて自惚(うぬぼ)れてたけどな。同じ手順を踏んでるのに、兄貴が組んだエンジンは信じられないくらい軽くまわる。特別なパーツなんて、なんにもねえ。ただバラして組んだだけでだぜ？」

妙に人懐っこい眼で、敬司は言葉をつづけた。

「昔な、おれがグレていたとき、兄貴はなにもいわなかった。歳も離れていたし、弟

ろくふおき、とたっ故事でクイバだん盗がれお、もで。なうろだんたっかなが味興に

に頼まれて兄貴が警察まで引き取りにきたのさ」

雄造は弟のことより、壊された盗難バイクを哀しそうに眺めていたという。

敬司は、なぜか胸が痛んだ。そして、兄のクルマで家まで帰るとき、その助手席で、奇妙なほど心が安らいだという。

先天的な乗り物へのセンスが気付かせた。

クルマがいいんじゃない。

兄貴の整備の腕がいいんだ、と。

「そんときな、おれの工場を手伝えって兄貴が誘ってくれたんだ。おれは素直にうなずいてたさ。あの日、あの夜――兄貴の組んだ、なんのへんてつもないエンジン音に、おれは心を奪われたんだよ」

裕子もうなずいた。

敬司の声に、前のようなトゲは感じられなかった。それがうれしかった。長い時間を経て、ようやく家族の一員と認められた気がした。

「あと、あれだな。おかしなことをいうようだけど、おれは兄貴に殴られてホッとしたよ。ここから独立して以来、ずっと兄貴には無視されてきたからな。おれのショッ

プにやっときやがった。ふん、人に嫌われたところで屁(へ)でもねえが、メカニックとして軽蔑されること……無関心だけは我慢できねえ」

だから――。

だからこそ、敬司はあえて雄造に憎まれ口を叩いていたのだろう。

裕子にも、ようやくそれがわかった。

「そういや、昔よく兄貴から聞かされたな。賢い人間は、つい近道を探すって。だから、周到に造られた偽物を摑(つか)まされる。でも、本物に近道はない。遠回りを重ねて、本物を積み重ねていくしかないってな」

パーツを削ってバランスをとり、極限まで摩擦抵抗(フリクション)を減らす。

油臭く、華やかな要素などカケラもない地道な作業だ。ひとつひとつ積み重ねるしかない。そして、丹精込めて仕上げたクルマを愚かなオーナーが、あっさり事故でスクラップにする。そのくせ、工場の整備不良だとゴネたりもする。

労多く、報われることは少ない。

それでもクルマの感謝の声が――聞こえる気がすることもある、と。

「ははっ、兄貴もキザだよな。あのブルドッグみてえなツラで」

くすっ、と裕子は笑ってしまった。

げらげらっ、と敬司も笑いを弾けさせた。ガレージの薄い壁が震えるほどの大声で、眼に涙まで滲ませるほど——。

子供の声が外から聞こえた。

歌っているような、うなっているようなひどいハミングだった。

悟が、学校から帰ってきたのだ。

四話　再生（レストア）

一

矢作家に裕子と悟が戻ってから、はやくも季節は一巡した。

牧野氏が――亡くなった。

サファリブラウンの510ブルーバードのオーナーだ。

ヒートショックが死因なのか、風呂場の浴槽で心臓が止まったらしい。眠っているかのように安らかな顔であったという。

葬儀には、雄造が代表で参列してきた。地銀の重役として、牧野氏を慕う者は多く、企業家や地元の名士など錚々（そうそう）たる面子（メンツ）が斎場には集まり、亡くなった当人が苦笑しそうなほど盛大なものであった。

おかげで、雄造はぐったりと気疲れしていた。外したネクタイを丸めてポケットに押し込み、喪服の襟元をゆるめながら玄関をくぐると、裕子が出迎えてくれた。

「昨年は、あれほどお元気でしたのに……」

裕子の沈んだ声に、ああ、と雄造はうなずいた。

誰にでも訪れることだが、ついこのあいだまでかくしゃくとして笑っていた老紳士が、さらりと世を去ってしまったのだ。

長い付き合いで、ずいぶんと世話にもなってきた。

工場にとっては恩人ともいえる人だ。

年齢からいえば、順当といえば順当なのだろう。が、もっと長生きしてくれるだろうと無根拠に信じていた。涙は出なかった。しかし、乾いた砂のようなものが胸に降り積もり、やけに背中が寒々しい。

居間では、荒井が炬燵で背を丸めて待っていた。

「よう、おかえり」

もう三月だ。

そろそろ炬燵を片づける時期だが、雄造も歳のせいか遠赤外線のぬくもりからは脱しがたく、なんとなしに出しっ放しにしているのだ。

「社長、こんなときに不謹慎だけどよぅ」

飄々とした鋲金名人も、夕立にあった野良犬のようにしょげた顔をしている。

「ああ、わかってる」

「こりゃあ、詰んだか?」

「そうだな」

「詰んだって、なんですか?」

裕子が、雄造の茶を淹れながら訊いてきた。

答えたのは荒井だ。

「裕子ちゃん、いまの工場を新設するときによ、たんまり借金したのは知ってんだろ? ありゃあ、牧野さんの口利きで融資してもらったもんだ。けっこうな低金利で、しかも長期返済プラン。普通はありえねえんだよ」

「でも、順調に返済しているはずですよね?」

ああ、と雄造はうなずいた。

「だが、銀行で窓口をやってくれてた人が一昨年に退職してな」

「んで、新しい担当者がヤなやつでよ。ほれ、組織も大きくなると勢力争いとかあんだろ？　人情派の牧野さんを煙たがってる連中がよ、自分たちの派閥の下っ端をうちの担当者としてねじ込みやがったんだよ」

それでも、牧野氏が睨みを利かせてるうちはなんとかなった。

だから——。

「銀行の方針が変わるかもしれん」

と雄造はつぶやき、湯呑みから熱い茶をすすった。

「たとえば、どんなふうにですか？」

「いきなり全額返済を要求されることも考えておく必要がある」

「ほれ、貸し剝がしってえやつよ」

「そんなこと……できるんですか？」

できる——のだろう。

「裕子さんも知ってるように、うちの経営状態はカツカツだ。赤字じゃないが、それほど資金に余裕があるわけじゃない」

「あ、わたしが入社したから……」

責任を感じたのか、裕子の表情が曇った。

雄造は素っ気なくかぶりをふる。

「見習い整備士が気にすることじゃない。たいして給料も払ってないしな」

「ああ、そうだぜ。裕子ちゃんが気にするこたあねえ。佳奈ちゃんが亡くなってから、経理がどんぶり勘定になってただけよ」

そこは否めない——。

雄造は苦い顔をした。

でもなあ、と荒井はつづける。

「帳簿上は一気に業績が悪くなったように見えるだろう。そこを銀行にネチネチ責められたら、口下手の社長にはどうあっても太刀打ちできるわけがねえ」

それも否定できなかった。

煮ようが焼こうが、あちらの胸三寸だ。

自転車操業のヤハギに、一括で返せるほどまとまった金などない。

つまり、倒産の危機である。

「……やれるところまでやるさ」

居直るしかなかった。

昨年の春ごろ、雄造は無気力にとらわれていた。なにをするにも気怠く、身体が重くてしかたがなかった。仕事として、やるべきことはやり尽くした気になっていた。

いっそ工場を閉めてしまおうかと思ったくらいだ。

しかし、佳奈が、裕子をこちらの世界に引き戻してくれた。たったひとりの孫といっしょにだ。おかげで、雄造は再始動ができた。

文句をいえば罰が当たる。

ならば、悩んだところでしかたがない。

「まずは目先の仕事だ」

「そ、そうですね。年度末で車検整備が忙しい時期ですし」

「しかも、でっけえ仕事もきやがったしな」

ヤハギ自動車商会に、大口の案件が飛び込んできたところであった。

トヨタ・スポーツ８００のレストアだ。

奇しくも、裕子の夫が遺したクルマと同じである。

依頼主は、大手メーカーが後ろ盾となっている自動車博物館だった。

トヨタ・スポーツ８００は、昔から〈ヨタハチ〉の愛称で親しまれ、生産数三千台余りの希少車だ。しかも、六十年代に開催された日本グランプリに出走したというふれこみで、日本の自動車史とレース史にとっても重要な一台だった。

レストア完了後は、博物館に常設展示される予定らしい。

この案件は、レストア界で有名な新城工業も受注したがっていたと聞くが、今回はヤハギの技術力を高く評価した博物館重役からの指名であったということだ。

それだけに、ヤハギ工場の意気はおおいに盛り上がりを見せていたが……牧野氏の訃報は、その矢先のことであったのだ。

「それもあるが……裕子さん」

「はい？」

「そろそろ、うちのヨタハチに手をつけてもいいんじゃないか？」

と雄造は切り出してみた。

「お？　いよいよやんのか？」

「でも、こんなときに……」

「こんなときだからこそだ」

「そう……ですね……」

裕子も工場にすっかり馴染んでいた。まだ技術も知識も不足しているが、真面目で丁寧な仕事ぶりは雄造も認めている。

物覚えがいいわけではない。

どちらかといえば不器用だ。

子供のころからクルマが好きで整備士になったわけでもなかった。が、当初の予想より、ずっと根性があることを証明してくれた。

錆で固着したボルトを外すときでも、裕子は強引にスパナをまわさない。正確な位置にはめ込み、確実に力を込めていく。手間を惜しまず、パーツを破損させることはない。壁に突き当たっても根気よく諦めず、愚直な回り道も厭わなかった。

大事なことだ。

しかし、あのヨタハチに手を付けるにしろ、もっとメカニックとしての経験と実力を身につけてからだと裕子は考えていたのだろう。

だが、人生の先行きはわからない。

いつでも最高のタイミングを選べるわけではないのだ。

「なあ、やろうぜ、裕子さん。ボディの修復なら、おれが一から教えてやらあな。第一、半端に壊れたボディがずっと裏のガレージで放ったらかしになってるのは、どうにも気分が落ち着かなくていけねえやな」

荒井は身を乗り出して眼を輝かせていた。

ほっとけば勝手にアルミ板を叩きかねない勢いだ。

「工場のことは、とりあえず考えなくてもいい。どうせ、なるようにしかならん」

雄造がガレージのヨタハチに手をつけなかったのは、秀一が最後にいじったクルマに触るのが怖かったからだ。触れば、息子の本性がわかるからだ。

メーカーが完成品として販売したモノに飽き足らず、非現実的なパワーを求め、麻薬のようなスピードにくるうのもチューナーという人種だ。

馬力を上げ、トップスピードが速くなれば、それだけクルマの寿命は短くなる。それでもチューナーはエンジンに手を入れ、シャーシを補強し、ときには自分自身さえ燃やし尽くすほどの情熱を注ぐのだ。

秀一が、どこまでチューニングの魔力に憑かれていたのか？

雄造は、それを知ってしまうのが怖かった。

だが、そろそろ向き合わなければならない。

裕子は眼を伏せ、しばらく黙って考え込んでいたが、きゅっ、と唇を軽く嚙むと、顎先を持ち上げて雄造を真っすぐ見つめてきた。

「はい、やらせてください」

二

桜の花びらが舞い散る中、博物館のヨタハチがヤハギに運び込まれた。

まずは現状の把握だ。

プラスチック製のライトカバーやリアウィンドウは、冬の窓ガラスに息を吐きかけたように白く曇っている。雄造がボディに指を這(は)わせると、そこかしこで塗装が浮いてペコペコと沈む。塗装を剝がせば、修復パテと穴だらけだろう。

全体的に腐食が進行していそうだ。

エンジンは動くらしい。バッテリーを交換して、燃料とオイルが入っていることを確認してから、キーをひねって始動させてみた。

白煙をもうもうと吐き、アイドリングも安定していない。

「裕子さん、エンジンを切ってくれ」

「はい！」

車体をリフトで持ち上げて、下回りも点検する。

錆穴は当然として、あちこちからオイルが漏れてウェットに黒光りしていた。

思ったよりもコンディションはひどい。

「社長、こりゃあ、思ったより大仕事になりそうだなあ」

雄造と荒井が点検しているあいだに、恵が現状を写真に撮って記録していく。

マフラーやミッションを外して、エンジンをチェーンで吊り上げて抜いた。

ボンネット、ドア、フェンダー、シートなど。

外せるものは外していく。

トヨタ・スポーツ800は、非力なエンジンを補うために空気抵抗が少ない流線型のデザインを採用し、軽量な素材をそこかしこで使っている。ボンネット、脱着式のルーフ、バンパーなどはアルミ合金で、後部の窓はガラスではなくアクリル製であった。

徹底的にダイエットされ、もとより強度に余裕はない。

半世紀を経てくたびれたボディが自重で歪み、骨密度の落ちた老体をギプスで支えるように自作の治具を組み込まなければならなかった。

外したパーツは洗浄し、ラベルのついた棚に並べて整理した。

使い回すパーツと新しく用意するパーツを分別していく。

博物館のヨタハチは、メーカーの工場から出荷された状態に復旧させる方針だ。ボルトひとつ、ナットひとつでも、可能な限りリペアして使うのだ。

「ウィンドウのガラスに傷はねえ。そのまま使えそうだ。鉄は熱して叩いてで、何度でも蘇(よみがえ)るけどよ、ゴム類は全滅だ。腐食したアルミも再利用はできねえ。新規に作り直しだなあ。社長、ライトカバーとかのプラスチック類はどうすんだ？」

「博物館側で予備も含めて外部に発注してくれるそうだ」

「おっ、そりゃ助かる」

「ついでに、うちのヨタハチにも一セットまわしてもらえることになった」

「豪勢だねえ。これだから、お大尽さまの仕事はいいやな」

ヨタハチの資料は、秀一が遺したものがあったが、博物館側のツテで古い設計図のコピーをメーカーから入手できたこともありがたかった。

「電装系は恵ちゃんにお任せだな。シートの張り替えは？」

「業者に外注だ」

「エンジンは、もう社長がバラしてんだろ？」

「ああ」

雄造にとって、とくに難しい作業ではない。

空冷水平対向の二気筒エンジンは、軽くてコンパクトだ。現代のクルマに比べれば、驚くほどシンプルで、構成される部品点数も少なかった。

雄造と荒井が見たところ、出荷時に搭載されていたエンジンではなく、他の事故車から移植したものだろうと思われた。

それでも、博物館のヨタハチはどうとでもなるが——。

三

「どこで悩んでる?」

雄造が訊くと、事務所のパソコンで伝票を作成していた裕子の手がとまった。

「エンジンか?」

「……ええ、そうなんです」

裕子の眼はモニタにむけられたままだった。

ヨタハチのエンジンは800ccだ。軽自動車に毛が生えたような排気量で、出力も四五馬力しかなかった。

しかし、秀一が手に入れたヨタハチには、もともとエンジンが載っていなかったという。だからこそ、格安で譲り受けることができたのだ。

秀一は、工場の隅に転がっていたトヨタ製の3AU型1500ccを載せた。シリンダーの数は倍になった。排気量も二倍近い。ヨタハチの狭いエンジンルームに押し込むには、かなり苦労したはずだった。

「秀一さんのメモをみると、とりあえずの仕様で載せてみただけで、他にもいろんなエンジンを試そうとしていたらしいです」

「排気量の大きな3AU自体にこだわりはないということか」

大事なことは、実際に走ったときのバランスだ。

「ええ……だから、秀一さんにも、最終的にはどんな形に仕上げるのか、はっきりしていなかったのかもしれません」

「うむ……」

客のクルマではないから、納期があるわけではない。挑戦と失敗を繰り返しながら仕上げるつもりだったのだろう。

たしかに、裕子が悩むのも無理はなかった。

あのヨタハチを本気でレストアしようとすれば、秀一が理想だと考えていた組み合わせを見つけなくてはならないと考えているのだろう。

だが、たかが旧車のレストアだ。

生きている者のためならともかく、すでに故人になった者のために、そこまで徹底的に追求する必要があるのか？

あるのだろう。少なくとも、裕子には。

「秀一の好み……秀一らしいクルマ……」

雄造は声に出してつぶやいてみた。

クルマ好きならば、チューナーであれば、誰もが思い描くであろう理想の一台を作りたいという夢を秀一も追い求めていたはずだ。

だが、どんな理想だ？

それは秀一の心底を知らなければわからないことだ。

思えば、そんなこと考えたこともなかった。

——昔から、よくわからん子だったが……。

日本で車検の規制緩和が施行されたのは、一九九五年のことだ。

それ以来、アメリカほどではないにせよ、日本でも改造車の幅が飛躍的にひろがった。もう車検を通すたびにノーマル車へ戻す手間もなくなった。

昔気質（むかしかたぎ）のチューナーほど、その自由にかえって戸惑ったようだ。自由とは不自由があるからこそ輝くほどの価値があるのだ。

息子の世代では、そんな屈折など軽々と跳び越えてしまう。

その反面、かえって道に迷うこともある。

チューニングの魅力には毒が潜んでいるからだ。

どこまでやっていいのか、どこまで踏み込んではいけないのか——柔順に調教された良馬に、わざわざ牙を植え、羽を生やし、自分だけの駿馬を生み出す悦楽にのめり込むにつれて——わからなくなってしまう。

——オヤジ、クルマってさ、もっと自由なもんじゃないかな？

生前の息子は、そんなこともいってなかったか？

クルマは道具だ。

正しく操れば、正しく動く。

機械だからだ。

すべてはメカニックとドライバー次第で、どうとでも仕上がってしまう。扱いを間違えれば、危険な道具となる。簡単に人の命を奪う。

雄造は、それを息子に教えられなかったのか？

そもそも教えられることだったのか？

自分の仕事にしか興味がなかった。目先の仕事に溺れていた。情熱も、悦楽も、消沈も、倦怠も、なにもかも自分だけのものだった。

愚かな父親だ。

社長としても失格だった。

しょせん、人は一代でしかない。

それを言い訳にして、後継を育てようと考えたことすらなかったのだ。

「とりあえず、オリジナルのエンジンに戻すか？」

業者間のツテを探しても、ヨタハチ用を見つけるのは難しいかもしれないが、同じ型式のパブリカ用なら生産台数が多かっただけに、まだ望みはあるだろう。

「でも……」

裕子は曖昧に濁した。

秀一はオリジナル至上主義ではなかった。

どちらにしろ、裕子が納得できなければ意味がないのだ。

四

四月に入ってしばらくすると、ヤハギ自動車商会の危機がより明確になってきた。

「んで……どうだったよ？」

工場に戻るなり、荒井がそろりと訊いてきた。

「ああ、ダメだった」

雄造は、淡々と答えた。

太い首をぐるりと回し、両腕も回してこわばった背中の筋肉をほぐした。慣れないスーツ姿で、身体のあちこちが凝りまくっている。

銀行に呼び出され、ついに融資の全額返済を通告されたのだ。

「夜逃げするほどじゃないが、工場も家も抵当に入ってる。資金繰りのツテはない」

「経営破綻ってやつだな」

「ああ、銀行の口利きでノンバンクを紹介してくれるというが……」

「敬ちゃんに頭下げて、まとまった金を借りるってのはどうだ？」

「気がすすまん」

どちらにしろ、借金で借金を返すことになるだけだ。

雄造の腹は決まっている。

自主廃業だ。

自分は経営者にむいていない。わかりきっていることだ。むしろ、女房が亡くなってから、よくこれまで潰れなかったものだとしみじみ思うくらいだった。

「敬司には小牧の世話を頼むつもりだ」

「んじゃ、おれはどうすりゃいいんだよ？」

「鉄さんの腕なら、どこでも働けるだろう」

「冷てえなあ。もっと、こう、親身になってくれても罰は当たらねえだろう？」

ふん、と荒井は鼻を鳴らした。

「ああ、そういや、恵ちゃんは工場がなくなるんだったら、暇にあかしてラリー観戦ツアーをするんだって息巻いてたな」

「ラリー？　パンクとかのバンドじゃないのか？」

「ほれ、世界ラリー選手権（WRC）が日本で最終戦をやんだろ？　最近はバンドそっちのけで、いろいろ夢中になってるらしいぜ。……で、裕子ちゃんはどうすんだ？」

「本人にその気があれば、どこか知り合いの工場を紹介するつもりだが」

おそらく、悟と実家へ戻ることになるのだろう、と雄造は思っている。もともとクルマ好きが高じて整備士になったわけではないのだ。

「まあ、悟も学校に慣れたところだしよ、せめて小学校を卒業するまでは、いっしょに住めばいいじゃねえか？」

「ああ……」

裕子の話では、学校で気の合う友達もできたという。大人の都合だけで、ふたたび転校させるのも、たしかに可哀想だった。

「それによ、悟にも気になる女の子がいるらしいぜ」

「気になる女の子？　そんなことまで話してるのか？」

「いやー、悟の友達が遊びにきたときにな、本人にはナイショで聞き出したのさ。情報料は缶ジュースよ。いいよなあ。甘酸っぺえよなあ」

かーっ、と荒井は楽しそうに吠えた。

「その件については、また裕子さんと相談してみよう。裕子さんも、いまはヨタハチのことに集中したいようだしな」

「それもそうかね」

「どちらにしろ、潮時だったのかもしれん。工場と家を売ってでも、残りの給料はなんとかする。退職金までは出ないがな。あとは……楽隠居でも決め込むさ」

「ずいぶん、さばさばしてやがんなあ」

荒井は、どこか割り切れない顔をしていた。

ともあれ、これで引き際は定まったのだ。

無力感に浸っているときではなかった。

「んで、博物館のは、いつまでに仕上げんだよ?」

荒井が訊いてきた。

「秋のイベントに間に合わせたいらしいな」

「ああ、恒例のヒストリックカー・パレードか」

ヒストリックカーとは、数十年前に製造されたクルマというだけで、それほど厳密な定義はない。一九一九年から一九三〇年ごろに製造されたものを示すビンテージカー、あるいはクラシックカーとは定義が異なっている。

この場合は、せいぜい八十年代までに製造された旧車のことだった。

一般参加のオーナーが自慢の旧車を持ち込み、縁日のような屋台も出る賑(にぎ)やかなイベントだ。主催者である自動車博物館の駐車場をスタート地点に、町内の決められたルートを走行して県営公園をゴールとするのだ。

「んじゃ、他にも片づけなきゃならん仕事もあることだし……」

にたり、と鈑金名人は笑った。

「ちと人手が足りなくなるな」

「あ? あ、ああ……」

人手と聞いて、ようやく雄造も思い出したのだ。

五

小牧敦は、安アパートの自室に引きこもっていた。

身も心も芯からうだっている。

昼間から布団にくるまって、ただ寝転がっているだけだ。腹が減るから動かない。動く気力もない。虚(うつ)ろな眼で、背中を丸め、じっとしている。春先に押し入れなどで見つかる乾燥した虫の死骸のようだった。

今年の正月も実家には帰らなかった。もともと親とは反りが合わない。高校を卒業して自立してから、すっかり疎遠になっている。

そして、三十一歳になった。

いまだ独身だ。

気楽な身分だ。働かないことで責め立ててくる同居人はいない。それが救いになる日がくるとは想像すらしていなかった。

通帳の残高が、じりじりと減っていくだけだった。

このままではマズい。

飢え死にしてしまう。

それでも、指一本すら動かすのが面倒だった。

気力の燃料レベルゲージが空っケツを示している。

だから、自暴自棄にもなれない。

――どうすりゃいいってんだ?

どうにもならない。

なるはずがない。

なにもないのだ。

酒も煙草もやらない。パチンコなどギャンブルに興味はなかった。くだらないテレビ番組も観ていない。メシも腹が満たされればよかった。

ドライブで気を紛らわそうにも、愛車を修理する情熱は残っていなかった。

クルマをとれば、なにも残らない人生だ。

また道を間違えたのだ。

人生にカーナビは搭載されていない。迷って、行き止まりに突き当たり、いつも選択を間違える。ろくでもないことばかりの人生だ。

一時的な感情をブーストさせた結果がこれだった。制御できない過給器は、ただのゴミだ。無理に回転しすぎて、結局はエンジンを破壊してしまう。

わかっている。わかっていたことだ。

なのに、また繰り返してしまった。

人として、まるで成長していない。

若いころは、よく怒られた。社長にも、敬司にも。不器用で、物覚えが悪かったから、それがあたりまえだった。

なんとか一通りの仕事がこなせるようになると、怒ってくれる人もいなくなる。半端な年齢ほど、始末に負えないものはない。歳をとったというだけで、何者かになったように勘違いしてしまうからだ。

怒ってもらえるうちが花なのだ。

情けなくて、涙があふれてきた。泣いても、ひとりだ。中年男には誰も同情してくれない。あの油臭い工場が恋しかった。

しかし、戻れるわけがなかった。

ヤハギにとって、小牧は裏切り者だ。

敬司の〈アロー・スピード〉にも恥をかかせてしまった。

いまさら、どちらにも顔を出せなかった。

「おれ……なんで整備士になろうとしたんだっけ？」

自分の独り言に心が凍えた。

ガキのころは、欲しいモノがたくさんあった。モノはあっても金がない。盗むしかなかった。駅前で原付スクーターを盗んだ。頭が真っ白になるほど面白かった。地元の不良のスクーターだった。すぐに捕まって、ボコボコにされた。

二輪を運転した快感が忘れられず、バイトして、免許をとって、激安の中古スクーターを手に入れた。自由を手に入れたと思った。すぐ物足りなくなった。ネットで情報を集めながら、自分でカスタムするようになった。

二輪に飽きて、興味は四輪に移った。

クルマのチューンナップには金がかかる。すぐに新車一台分が吹っ飛ぶ。しかも、素人の技術では、簡単にエンジンが壊れてしまう。

——ぜんぜん自由じゃねえ！

やがて、ショップで働けばプロの技術を教えてもらえることに気付いた。こんなカスタムも、あんなドレスアップも自分でやれる。なんでもできると思った。その気になれば、自分の手で最高のクルマを造れるのだ。

今度こそ自由への切符を手にした気分だった。

それも——錯覚だった。

現実は、泥臭く、生臭く、みっともないものだ。仕事になれば、納期に追われる毎日だ。最初の感動は色褪(いろあ)せ、退屈な作業の繰り返しになっていた。

せめて、社長のように才能があれば胸を張れただろう。荒井のような鈑金技術もなく、弘中恵にすらセンスで劣っていた。なにもない。なにもない。情けなくて震えるほど、空っぽのクルマ人生であった。

びくっ、と小牧の肩が動いた。

耳慣れた排気音が外から聞こえたのだ。

ローバー・ミニの改造車だ。

音でわかる。荒井の愛車だった。

年式は八九年だが、イギリス製の朴訥(ぼくとつ)な1300cc四気筒エンジンではない。ミニの小さなボディが軽自動車の規格内であることを利用して、スズキ製660ccのターボ・エンジンに換装しているのだ。

エンジン換装のメリットは、税金の安さと夏場でもエアコンがしっかり効くことだ。サスペンションもスポーツ仕様だから、ミニが発売された1959年から、ほとんど変わっていないレトロな外見でもバカっ速だった。

アパートの前で停車し、ドアを開ける音がした。

薄い壁は、外の音をよく伝える。

ふたり分の足音が、どんどんどんっ、と乱暴に階段を駆け上がってきた。

小牧の部屋は二階の端だ。

思わず息を潜めた。

がちっ、と玄関のノブが鳴った。開くはずがない。鍵はかかっている。しばらくすると、がちゃがちゃと激しくかきまわす金属の音がつづいた。なにか針がねのようなものを鍵穴に突っ込んだらしい。

「お、おい……まさか……」

小牧が眉をひそめた瞬間だ。

だんっ、とドアが勢いよく開いた。

「コゾー、出てきやがれ！」

「おらっ、出勤っすよ！」

荒井と弘中恵だった。

ふたりは土足で部屋に踏み込み、小牧がかぶっていた布団を蹴り飛ばしてきた。

「て、てめーら……勝手に鍵開けんなよ！　犯罪じゃねえか！」

逆上の余り、小牧の声は裏返った。

狼藉(ろうぜき)にも程がある。

「ああ、恵ちゃんが鍵のレスキュー屋でバイトしたことあるっていうからよ」

「いやー、思ったよりラクショーっすね」

恵は指先でピッキングツールをくるくる回した。

ふたりとも清々(すがすが)しいほど罪の意識がない。

「小牧よぅ、さっさと着替えな。いま工場も忙しいんだよ。猫の手だってほしいくれえだ。どうせ暇なんだろ？　ええ？」

「そ、そんなこと……鍵を、いや、土足が……あ、ああ、もうなんだかわかんねえ。お、おれなんか、もう関係ねえだろ！　いいから、ほっといてくれよ！」

「しゃらくせえ！」

小牧の背中に、がすっ、と蹴りが入った。

荒井ではなかった。

「三十路過ぎの男が、なにうだうだと」

恵の三白眼が鋭く小牧を射すくめた。

「面倒な男っすねえ。いつまでイジけてんすか？　仕事はあるんだ。あんたは整備士だ。技術もある。いじれるクルマが待ってるっす。やれることをやればいいだけじゃねえっか？　必要とされてるうちが花っすよ？」

「う……」

年下の小娘に諌められ、小牧は気圧された。

すかさず、荒井が猫なで声で慰めにかかる。

「まあ、元気出しなってばよ。てめえのクルマもそのうち修理してやるから。なあ？」

「お、おやっさん……」

思わず涙ぐんだ。

なんの涙か、小牧にもよくわからなかった。

六

バスを降りると、山の匂いが鼻先をくすぐった。

橋の手前にある市営霊園に着いたのだ。

雄造が先に歩き、花束とバッグを抱えた裕子は悟と並んでついていった。

停留所からは坂道を登ることになる。

山を拓(ひら)いた墓地だけに緑が多く、初夏の風が涼やかであった。

クルマを使わなかったのは、矢作家に自家用車はなく、工場も営業日のため私用で乗れるものがなかったからだ。

目的の区画に辿(たど)り着くと、雄造は水場の桶(おけ)に水を注ぎはじめた。

裕子と悟は、先に墓へむかった。

矢作家の墓誌には、秀一と佳奈の名前が彫られている。

悟はあまり憶(おぼ)えていないのだろう。四歳のころに父親の納骨で訪れただけだ。父親と祖母の眠る墓石を神妙な顔つきで眺めていた。

雑草を抜いておこうとしたが、墓石のまわりはきれいなものだった。

誰かが掃除を済ませてくれたらしい。

雄造が桶を手に提げてやってきた。

水を柄杓(ひしゃく)ですくって墓石にかける。雄造は悟に眼をむけ、柄杓を無言で突き出した。

悟は、こくんとうなずいて柄杓で水かけを手伝いはじめた。

それを見て、裕子は微笑んだ。

裕子は、花束の包装紙を解き、茎の長さを調整してから墓前に飾った。蠟燭(ろうそく)にライターで火をつけてから、線香の先に火を移し、これも御供える。

雄造が墓石をタオルでふき終えた。

三人で手を合わせて、しばらく拝んだ。

秀一と佳奈の墓参りはすんだ。

「さて、工場に戻るか」

「はい」

柄杓と桶を水場に戻し、ついでに三人とも手も洗った。

そして、帰ろうとしたとき——。

坂道の手前で、黒いスーツ姿の男が立っているのを見かけた。こちらにまっすぐ顔をむけて、待っていたかのように頭を下げてきた。

「あの人は……」

裕子には見覚えがあった。

雄造も気付いたらしい。

「裕子さん、どうするかね?」

「え、ええ……」

裕子の声は、少し震えていたかもしれない。

目を伏せ、胸の内に耳を澄ませた。あれから九年。それは充分な時間だ。自分でも不思議なほど平静だった。

「わたし、少し挨拶してきます」

「わかった。すぐ下の駐車場にベンチがあるから、そこで待ってる。自販機もあるしな。悟と温かいものでも飲んでいよう」

雄造は、悟の背中を押して来園者用の駐車場にむかった。

裕子は、スーツの男に軽くお辞儀してから、ゆっくりと歩み寄った。

「あの、芝田(しばた)さんですね？」

「はい……」

「ご無沙汰しております。矢作裕子です。いまは小池(こいけ)姓に戻っていますが……」

「こちらこそ。お久しぶりです」

男は気弱げに微笑んだ。

人の良さそうな丸顔で、黒縁の眼鏡をかけている。九年前よりも少し肥(ふと)り、黒髪より白髪の割合が増えていた。歳は雄造と同じくらいのはずだ。

芝田紀文(のりふみ)。

夫が事故を起こした原因となった人であった。

「芝田さんもお参りにきてくださったんですね」

「ええ、まあ……」

墓を綺麗に掃除してくれたのは芝田だったのだ。

「このまま、顔を合わせずに帰ろうかとも思ったのですが……」

「いえ、ありがとうございます。ここにはクルマで？」

「そうです。あなたたちは？」

「バスできました」

「そうですか……」

なにか言葉にしかけてから、芝田は弱々しくかぶりをふった。

芝田は工業高校の教師だった。

あの夜、芝田は職員用の資料作りに追われて、かなりの疲労が溜まっていた。心臓に持病を抱えていたが、帰宅途中で発作が起きてしまった。

胸に焼けつくような痛み。眼が眩んだ。身体がよろけた。腕や肩や背中に薄い鉄板を差し込まれたような痛みがあった。呼吸が苦しい。歩けない。立ってもいられない。両膝をついてうずくまり、身をよじって道路へ転がった。

そのとき、秀一のクルマが通りかかり——秀一はハンドルを切って芝田を避けたもの試走中のヨタハチはバランスを崩して――。

「小池さんは、矢作さんのところで働いているんですね？」

「ええ、義母からは、芝田さんのご助力があったとうかがっています。ありがとうございました。本当なら、こちらからお礼に伺わなければならないのに……」

「いえ、そんな……」

「まだ半人前ですが、おかげさまで、矢作家に戻って、もう一年と少しになります。だから……だから、もう夫のことは気にしないでください」

「しかし……私は……」

芝田は、病院に搬送されて助かった。

夫は還らぬ人となった。

救急車に乗せられるまで、ぼんやりと秀一の意識は残っていたようだが、当たり所が悪かったのか搬送中に脳内出血で死んでしまった。

幼かった悟に怪我がなかったことだけが救いだ。

謝罪のため、芝田は幾度も矢作家を訪れていたらしい。裕子は実家に戻っていたから、そのとき会うことはなかった。

雄造と佳奈は、芝田を責めなかった。

不運な事故だった、と。

裕子は誰を悪者にしていいのかわからなかった。心の中では恨んでいた気がするが、今となっては芝田が悪いわけではないとわかっている。

過去から逃げない、と決めたのは、死別から五年後のことだ。

夫を忘れることはできない。

なかったことにはできない。

逃げたところで、前にはすすめない。

悩み、苦しみ、その果てに、裕子が考えついたことは、夫が愛したクルマを知ることで、この哀しみを乗り越えることであった。

ただし、どう対処していいのかがわからず、うじうじと小娘のように考え込むばかりだった。

そんなとき、義母の矢作佳奈が会いにきたのだ。

もう家族ではない。

矢作家の者ではないのに、裕子がようやく立ち直ろうとするタイミングを見計らったかのように、その手を差し伸べてくれたのだ。

——もし秀一のことが忘れられないのなら、いっそクルマに触れてみたらどう?

佳奈は、裕子に整備士学校を紹介してくれた。

その学校を薦めてくれたのは、工業高校の教師を務めていた芝田であったと、後日、電話口で佳奈は教えてくれたのだ。

義母の声は、悪戯っぽく若やいで、しかし、どこか息苦しさを隠しているようでもあった。

あのとき、すでに病による死を覚悟していたのであろう。最後の置き土産として、裕子と芝田の苦しみを除きたいと望んだのかもしれない。

「私にできる贖罪（しょくざい）は、あれくらいでした。ただの独りよがりです。償いにすらなりません。悟くんが大きくなったら、また改めて謝罪させてください」

この人は、まだ苦しんでいたのだ。

ずっと自分を責めつづけていたらしい。

「あの人は、チューニングカーが好きでした。速いスピードで走るから、一般の人より死が近くにあったのでしょう」

クルマを触るたび、裕子は夫と交わした言葉を思い出す。

整備士となって、手を油で汚すことで、ようやくわかることもある。

それでも、少しずつ、だ。

それが裕子には嬉しかった。肌を合わせるより、夫を近くに感じられる気がした。クルマの世界も親しみのあるものになっていた。

「だから、いつか事故に遭うことも覚悟していたはずです。でも、あのときのわたしには、それがわからなかったから……」

雄造の近くで仕事を学ぶことで、クルマを開発した技術者たちの夢に触れ、愛車に注がれるオーナーの想いもわかりはじめてきた。

それらの延長線上に、夫の夢は走っているのかしら……と。

「いまは、わかりましたか?」

「さあ……わたしは、まだ未熟な整備士ですから」

「でも、いずれ、わかるのでしょう」

芝田は教師の顔になっていた。

「生きていれば……知ることを、学ぶことを諦めなければ、必ずわかる日がきます。考えるということはそういうことです。学ぶということはそういうことです。たぶん、生きるということは、そういうことなのでしょう」

「はい……」

裕子は微笑んだ。

「もしかしたら、悟のほうが、わたしよりわかっているのかもしれません。だから、もう芝田さんは気に病むことはありません」

「悟くんも大きくなりましたね」

「四月から六年生になりました」

「もう、そんなに……」

裕子と芝田は、下の駐車場まで並んで歩いた。

駐車場にはトイレがあり、少し離れたところにベンチもあった。その後ろに桜の樹が一本だけ佇んで開花に備えて小さな蕾を膨らませていた。

雄造と悟は、ベンチで休んでいるかと思ったが、ふたりともベンチ脇に停まっているクルマを興味深そうに眺めているところだった。

ずんぐりした小型車で、青の塗装が日焼けでくすんでいる。ヤハギの工場に持ち込まれてもおかしくない旧車だった。

「あのクルマなんです」

「え……？」

「ホンダの初代シティ。排気量は１２００ccですが、元気なエンジンで、いまでもよく走ってくれます。小池さんの年代だとご存知ないかもしれませんが、〈トールボーイ〉の愛称で親しまれて、ユニークなＣＭも評判で大ブームだったんですよ」

「はあ……」

裕子たちの声が聞こえたのか、雄造がふり返って芝田に会釈をした。

芝田も会釈を返し、愛嬌のあるボディをじっと見つめている少年に話しかけた。

「君は、クルマが好きかい？」

悟は、こくんとうなずいた。

「ああ……うん……それはよかった」

芝田は、それだけで、少し救われたような表情になった。

どこかで、小鳥が鳴いた。

「矢作さん、裕子さん、よろしければ、私のクルマで送りましょうか？」

「そんなご迷惑を……」

「いえ、通り道ですから遠慮はいりません。私もひとりで帰るより寂しくありませんし」

「いいクルマだ。よく整備されてる」

「でも、三十年も昔のクルマです。ボディが傷んで、雨の日は少し雨漏りがします。車検に出してるクルマ屋さんにも、部品がないからといやがられてますよ」

雄造はうなずいた。

「よければ、うちで面倒をみましょうか？」

「ええ……ぜひ、お願いします」

芝田は、淡く微笑んだ。

「本当は、ずっと前から、そうしたかったんです」

「ああ、いつでも持ってきてくれ。まあ、ただ……」

「なにか不都合でも？」

「じつは、うちの工場を閉めることになったのでね」

「えっ？」

「でも、ご安心を。個人的に面倒を見ることぐらいはできる」

「いえ……しかし、そうですか、工場を……クルマの中で、どんな事情なのか、聞かせていただけますか？」

七

夏も本番だ。

工場にこもる熱気を少しでも追い出すため、送風機がフル回転で働いていた。クーラーの効いた事務室で冷蔵庫の麦茶をがぶ飲みするときだけが唯一の憩いである。

――とんでもねえことになりやがった！

小牧の顔から汗が滴り、作業着に黒いシミを作ってスパナやレンチを回していた。

十年以上も通った職場が、いつのまにか消滅することになったのだ。

だが、茫然(ぼうぜん)とする暇はない。

工場を閉めるとはいえ、少しでも銀行に返す金を稼がなくてはならない。一般整備や車検は続行し、その業務は小牧がメインを任されていた。

ヤハギの主力は、博物館のヨタハチに傾注された。

新規のレストアは断り、着手前であった車両はオーナーと相談して他の工場に引き受けてもらうことになった。作業途中のクルマは、雄造が個人的に面倒をみるという条件で納期を先延ばしにしてもらった。

工場閉鎖へのカウントダウン。

あとは目先の作業に全力を尽くすのみだった。

まさに、そんなとき――。

「あいかわらず錆くせえ工場だな」

思わぬ援軍があらわれて、雄造たちを驚かせた。

「兄貴よ、ブルの借りを返しにきたぜ」

不敵な笑みを伴って、敬司がヤハギの工場にやってきたのだ。

「いよいよ総力戦って感じじゃねえか、ええ？」

荒井は嬉しそうに破顔した。

「鉄さん、うちにくるか？　大歓迎だぜ」

「ま、考えといてやらあ」

「おい、兄貴、おれが助言してやった通りになったじゃねえか？　いっそのこと、このボロ工場ごと買ってやろうか？　ええ？」

「うるせえ。黙って働け」

社長は鼻を鳴らし、敬司はせせら笑った。

「ま、そういうと思ったよ」

仲が良いのか悪いのか——。

よくわからない兄弟だ。互いに悪態をつきながらも、ふたりの作業は見惚（みと）れるほどに素早く、また正確無比だった。

最盛期のチューンナップ店であったころのような熱気に満ちていた。

――いや、それはちがう。

小牧は、これほど楽しそうにクルマをいじっている社長を見たことがなかった。知っているのは、情熱の失せた仏頂面で、倦怠感で背中を丸め、物憂く眼を細めて、事務的にエンジンルームを覗き込んでいる姿だけだった。

そして、情熱は世代に関係なく伝導するのだ。

小牧も初心に立ち返り、全身全霊を傾けて働いた。

給料や退職金など、どうでもよかった。整備のイロハをスパナでたたき込んでくれた社長への恩返しであり、裏切り行為への罪滅ぼしもあった。

余計なことは考えない。

ひたすら整備するマシーンに徹した。

小煩い荒井も、小生意気な恵も、視界に入らないほど没頭した。

裕子への敵愾心も、いつのまにか失せていた。まだ整備士としては未熟だが、半端ではない覚悟でクルマと向き合っていることがわかったからだ。真面目で、愚直で、どこか不器用なところが昔の自分と似ているせいかもしれない。

ともあれ、人は人だ。

自分は自分で黙々と手を動かすだけだ。

バラして、組み立てる。掃除して、調子を整える。どうすれば、そうなるのか。頭はよくないが、十年以上も整備士をやってきた。考えなくとも、すべての工程はわかっている。昔はできなかったことが、いまではできる。

いつのまにか、やりたいようにできるようになっている。

それが途方もなく気持ちよかった。

真夏の暑さも気にならない。

こんなときだというのに、小牧の気分はハイだった。

ひさしぶりなのだ。

ゲーム中毒のガキみたいに集中している。メシを食う時間も惜しかった。夢の中までオイルまみれだ。これほど自分はメカをいじってるときが大好きなのだ。その事実にいまさら驚きながらも、頭の芯が痺れるような全能感を味わっていた。

とはいえ……。

「くそ、もうちょっとなんだけど……」

あいかわらず、小牧はキャブレターが苦手だった。さんざん教えられても、いまいち巧く調整できなかった。性格的に相性が悪いのかもしれない。

いじっているクルマは、いすゞ・ベレット1600GTだ。

六十年代の若者たちを熱狂させたスポーツカーの一台だというが、ずんぐりして、尻下がりのボディは現代では可愛らしく見える。

大昔のツインカム・エンジンにチューンナップが施され、ずいぶん気難しくなっていた。ターボでどっかんとパワーを上乗せせず、あっちを削り、こっちを磨き、細かくバランスをとって、徹底的にフリクションを減らす手法だ。

うんざりするほど地味な作業を重ねるメカチューンである。あえてパワーを求めず、オーナーの闘争心を煽らない。エンジンより車体が勝っていて、ハンドル操作によるクルマそのものの挙動を楽しむ仕様だった。

しかし、小牧もこの手のクルマの面白さがわかる歳になっていた。

若いころにはわからなかったことが、いまになってわかることもあるのだ。

だから、そのせいかもしれない。

キャブレター調整のコツも、なにか見えかけている気がしていた。が、わかりそうでいてわからない。手が届きそうで届かない。どれほどキャブを調整しても、どうしてもエンジンの鼓動がきれいに揃わなかった。

もどかしい。

クルマの声を聞け。

これは社長の口癖だ。

――聞こえるか、んなもん。

クルマは機械だ。金属とプラスチックの塊だ。人間じゃねえ。それが聞こえるのは、クルマという機械に愛された一握りの天才だけだ。

だが、それでも――。

もう少し――もう少しで――。

ぶぅんっ、と。

子供のうなり声が聞こえた。

悟だ。

小牧は工場の外に眼をむけた。

きらっ、きらっ、と磨かれた金属メッキが光っている。ゴムタイヤを外したホイールが夏の陽射しを反射しているのだ。

ただのメッキだ。

その輝きが、なぜか眼に眩く染みた。

「……あのガキ、まだ磨いてたのかよ」

小牧がやらせたことだった。

いつも黙って仕事を眺めていただけの悟が、工場に充満する熱気にあてられたのか、なにか手伝いたいといってきた。

こっちは忙しいのだ。子供の相手など面倒臭くてやってられない。小牧は仕事の邪魔だと怒鳴りつけかけたものの、それも大人げないと考え直して、汚れた金属パーツなどを与えて磨かせていた。

子供の手伝いだ。

すぐに飽きて、放り出すにちがいない。

そう軽く考えていた。

ところが、悟は飽きなかった。

放っておけば何時間でもひとつのパーツを磨いている。小牧が調整に苦戦しているキャブレターも、悟がスチールブラシで丹念に磨き上げ、メッキもしていないのに顔が映りそうなほどピカピカになっている。

——ああ、そうだよな……。

クルマいじりは、こんなにも楽しいのだ。

ぶぅんっ、ぶぅぅんっ。

悟は楽しそうにうなりながら、工場の前にしゃがんでコンパウンドをしみ込ませた布ウエスで一心不乱にホイールを磨き抜いている。

小牧は、ふいに思い出した。

ヤハギに入社する前のことだ。小牧は中古のシルビアをバイパス道路で走らせていた。ひどく苛立っていた。自分で装着したカスタムマフラーが、ただ煩いだけの爆音をまき散らすだけで、たいしたパワーも出なかったからだ。

そのとき、ヤハギのステッカーをフロントウィンドウに貼ったクルマとすれ違ったのだ。

途方もない快音をマフラーから放っていた。

小牧は一瞬で虜にされてしまった。

その音が、なぜか悟のへんな鼻歌と重なった。

「そうか……三番シリンダーに熱がこもってるから、そのぶん燃調を……！」

頭の中で、かちりとハマるものがあった。

キャブレターは空気と燃料を混ぜて、シリンダーに送り込むパーツだ。適切にミックスされなければ大きなパワーは出ない。リアルなイメージとして、理想的な吸気の流れが見えた。そんな気がした。

途方もない昂揚があった。

手が自然に動き、わずかにキャブレターの調整スクリューを回した。これでいい。エンジンをかけ、アクセルを踏んだ。

エンジンが心地よく吠えた。

初めて——音がきれいにそろった。

小牧は、手の甲で目元をぬぐった。

涙と汗どころか、感極まって鼻水までが垂れてきた。

威圧するような、怒号のようなエキゾーストではなく、洒脱（しゃだつ）で、どこまでも軽やかに回ろうとするエンジンと排気の音色だ。

紛れもなく、秀一さんのエキゾーストノートだった。

おおっ、と小牧が誰にともなくふり返ると、悟と眼が合った。

悟は笑っていた。

雄造の孫らしく、愛想がない少年が、無邪気であけっぴろげな笑顔になっていた。

そのギャップに不意を衝（つ）かれ、小牧も反射的に笑顔を返してしまったが、ずず、と鼻水が垂れて、世にも間の抜けた顔になってしまった。

工場の壁にしがみついた蟬（せみ）も、けたたましく笑っていた。

八

「うへー、敬司さん、ほんとにヤハギで働いてるよ。あはは、里帰りですかー？」

ヤハギに珍客がやってきた。

サングラスをかけたスキンヘッドの男で、小太りの身体にアロハと短パンは季節にふさわしいが、破綻した改造工場では場違いにもほどがある。〈アロー・スピード〉に出入りしている自動車雑誌の編集長だ。

「うるせえよ。てめ、暇なのか。わざわざ、こんなとこまで……」

「ショップに寄ったら、敬司さんいないしさ。若い子に訊いたら、こっちで面白い光景が見られそうなんで、つい押しかけてきちゃいましたよ」

「帰れ帰れ。仕事の邪魔だ」

雄造は眼をすがめ、スキンヘッドの男に近寄った。

「あんた、たしか前にも……」

「あっ、これは矢作社長！　いや、あのときは、チューニング業界では知る人ぞ知る雄造氏を試すようなマネをして、たいへん失礼いたしました。じつは、あたしは

「──」

「知ってる。雑誌屋さんだろ？」

「うはー、もう知られてましたか」

「うちは破綻が決まっているんだ。いまさら取材でもないだろうがな」

「まあ、その話は業界でも噂になってます。余計なことかもしれませんが、いっそ新城工業に移籍ってのはどうですかね？　うちの雑誌であそこの社長さんにインタビューしたことありますけど、ずいぶん雄造氏を評価していましたよ」

「評価はうれしいが、この歳でよその会社に入る気はさらさらない。もしよかったら、荒井のとっつぁんのほうに紹介してくれ」

「おおっ、あれがボディワークの達人の！」

「その達人だ」

「昔、ボディ専門の修理工場に勤めていたとき、社長と大喧嘩したあげく、社長が会社の金で愛人に買い与えたシビックの薄いボンネットを角材とハンマーだけで見事な折り鶴に仕上げたという伝説の？」

「……その伝説は知らんが……」

「あのぅ、あとで荒井さんとお話しさせてもらっても？」

「ああ、あとでな」

「おい、とっつぁんは仕事の邪魔されるのが嫌いでな。グラインダーでその頭を鏡面仕上げにされたくなけりゃ、作業中は近寄らないほうがいいぜ」

「うへぇ……了解っす」

ボディ修復の仕上げとして、荒井は研磨作業にかかっていた。

アルミ板の成形は、鉄板よりも難しく、小手先のごまかしが利かない。新人整備士の手に負える作業ではなく、ここは名人に頼るしかなかった。

車体は鉄だ。

錆を落とし、穴は鉄板を切り張りして溶接する。溶接で熱が入ると、車体が歪むことがあり、慎重にポイントを掴んでやらなければならない。

荒井は、そのバランス感覚が絶妙なのだ。

昔のボディ製作はハンドメイドに近い。プレス機械の形成技術は低く、丸みを帯びた複雑なラインは職人の手が叩き出さなくてはならなかった。

製造されて半世紀も経てば、さらに細かい凹凸がそこかしこにできている。パテを盛り、ハンダで埋め、神経を張りつめて理想のラインを生み出していくのだ。

荒井は愛でるようにボディを研磨した。

粗い目から、細かい目へ。研磨したところを、十本の指を這わせて確認している。職人の指先が、かすかな段差を見逃さなかった。

この下地処理が終われば、塗装業者に出すことができる。

博物館のヨタハチと並べて作業をすすめるため、秀一のヨタハチも工場に移されていた。

年式が近く、どちらも後期型である。二台を比較することで、秀一がどこに手を入れたのかを細かく確認できるメリットがあるのだ。

九

ヤハギ側のヨタハチは、ボンネットが外された状態だ。エンジンも抜かれ、がらんどうになったスペースを剝き出しにしていた。

「ふん、絶対的な速さより、クルマを操る楽しさを追求する仕様か」

雄造がしみじみとつぶやいた。

はい、と裕子はうなずく。

「あの人はドライバーの思い通りに動くクルマにしようとしていたみたいです」

だから、あえて１５００ccのエンジンに換装してみたのだ。

エンジンスワップ。

あるいはスワップチューンと呼ばれる手法である。

高回転で馬力を絞り出さず、低回転からのトルクを重視したセッティングだ。ちょんとアクセルを踏めば、すぃっとボディが軽く走りだす。

だが、エンジンが大きくなれば車重は重くなる。ブレーキを強化し、サスペンションを替え、車体も補強しなくてはならなかった。

それでは操作性まで激変し、まるで別モノになってしまう。愛車を良くしようとカスタムして、その結果が自分の愛したクルマとはかけ離れた特性に仕上がっては、本末転倒ということになりかねない。

夫はそれが不満で、他のエンジンも試したいと思っていたようだ。

「で、どのエンジンにするか決めたか？」

雄造が、そう訊いた。

裕子もずっと悩んでいた懸案だった。適当なエンジンを載せて完成させたところで、それでは秀一の人生も、雄造のレストア人生をも否定することになる。

「いっそ、ＥＶ化もありかもしれんが」

「ヤハギのクルマで電気モーターですか？」

それはヤハギのイメージではないだろう。

「なら、BMWのバイクから移植するのはどうだ？　あれも水平対向で、しかも空冷だ。あるいは、ポルシェの空冷六気筒をぶった切って――」

いいえ、と裕子はかぶりをふった。

「国産のエンジンにしようかと思うんです」

「それも悪くない。入手しやすいし、安くつくな」

「先代アルトのエンジンって、どこかで手に入りませんか？」

「アルト？」

意表を衝かれ、雄造は驚いたようだった。

軽自動車のエンジンなのだ。

「はい、荒井さんのミニもアルトのですよね？」

「まあ、そうだが」

昔のミニは、現行の軽自動車規格よりボディが小さい。そこで、アルト・ワークスの過給器付きエンジンに換装し、税金の安い軽ナンバーを取得するカスタムショップがあらわれ、荒井はその真似をしたのだ。

「ヨタハチも今の軽自動車よりは軽いですし、ターボ付きなら元のエンジンより二〇馬力近く出ますから、少なくとも遅くなることはありません」

「うむ……」

雄造が戸惑っていると、

「おれも悪くないアイデアだと思うぜ」

と荒井が隣から口を挟んできた。

「秀坊のヨタハチは、載せ替えたエンジンのせいで、ずいぶんフロントが重かったからなあ。急ブレーキと急ハンドルで、くるんと簡単に回っちまう。試走の段階だったから、タイヤも細いまんまだったしよ」

だから、あの夜――。

夫は、フロントの右側から衝突したのだ。

ヨタハチの壊れ具合を見ればわかることだ。

夜だ。道幅は狭く、雨に濡れて路面も滑りやすかった。いきなり飛び出してきた男を避けるため、急ブレーキを踏んだ。クルマは左に旋回した。スピードを落としきれず、縁石に乗り上げて陸橋交差点の柱に衝突した。

助手席の悟を守るため、あえて運転席側からぶつかったのだ。

雄造と荒井には、それがわかっていた。ボディをバラバラにしながら、どんな状況でタイヤが滑り、どれほどの衝撃がボディを襲ったのか、この眼で実際に目撃したようにはっきりとイメージできるのだ。

大きなエンジンを載せ、そのぶんエンジンルームには隙間がない。強度を確保するため、脱着可能な屋根を固定して、ロールバーを付けていた。

そのせいで、事故の衝撃は、そのまま運転席へ突き抜けた。

古い二点式シートベルトも災いした。

フロントウィンドウと天井に、秀一の頭は跳ねてぶつかったはずだ。

「ヨタハチも可愛いデザインですから、きっと黄色のナンバーも似合います。あ、でも、全長が軽自動車のサイズにおさまればですけど」

「おい、鉄っつぁん、どうなんだ?」

「あー、少し鼻先がハミ出るかな。でもまあ、切り詰めればイケるだろ」

たぶん、これが正解なのだ。

裕子には確信が生まれつつあった。

ヨタハチは軽快さが命だ。日本のモータリゼーション興隆期に誕生したライトウェイトスポーツカーの名車であった。

「ただ、あれだぜ。おれっちのミニはFFだ。エンジンも前なら駆動も前輪だ。ヨタハチは後輪駆動だから、ミニよりは難しい作業になるな」

「いや……それは、たいした問題じゃない」

雄造が思案顔で答えた。

「ケーターハムのスーパーセブン160も、スズキの660ccエンジンを前に載せて、後ろのタイヤで駆動してる。前例があれば、応用も可能だろう」

ケーターハム・スーパーセブン160とは、イギリス製のライトウェイトスポーツカーだ。クラシックで小粋なオープンボディに、スズキ製660ccエンジンをチューンナップして搭載していた。

「博物館のヨタハチとは真逆のコンセプトか。ふん、面白いかもしれん」

にや、と雄造は楽しそうに笑った。

「じゃあ、それで決まりだな？」

十

ヨタハチの再生が本格的にスタートした。

車体の歪みを矯正し、鉄板を切り張りし、溶接の火花を散らす。グラインダーで削って形を整えた。すでに入手したボディのパーツを装着し、慎重に位置を合わせる。ボルトを通し、ナットに適切な力を加えて締めつける。

学校で習い、工場で何度も実践してきたことだ。

裕子は、荒井の作業をサポートしながら、完成イメージを頭の中で繰り返した。メカニックの武器は想像力だと教えられたからだ。

メカニックに天才などいない、と雄造は断言する。

知識と技術、飽くなき向上心。ひたすら努力を積み重ねる。バカにされようが、呆れられようが、これしかないという。執念ですらない。

荒井はボディ本体と各パーツの修復を終えると、組み付け作業やフィッティングの微調整は、できるだけ裕子にやらせていた。

雄造もエンジンを整備して、車体に搭載した。補器類までは責任を持って組み込んだが、最終的なセッティングは裕子に一任した。

ふたりとも様子を見ながらアドバイスはしてくれるが、このクルマをどう仕上げるかは、あくまでも裕子がひとりで決めなくてはならなかったからだ。

——さあ、教えて。あなたは、どんなチューニングを目指していたの？

作業をしながら、裕子は心の中で問いかけた。

『気楽にハンドルを握ってさ、必要なだけアクセルを踏んで、ただエンジン音を聞くだけで幸せになれるようなクルマが最高だよね』

そんな声が聞こえた気がした。

雄造にも、きっと聞こえていたはずだ。その証拠に、とても楽しげに、口笛さえ吹きかねない顔でヨタハチのエンジンに手を入れていたからだ。

裕子は作業に没入した。

部品のひとつひとつに、夫の手が入った痕跡がある。それを分解し、汚れを落とすと、さらに明確にあの人の息吹を感じられた。あるべき場所にパーツを組み付け、トルクレンチを使って適切な力加減でボルトを締めつける。

自分の子供を育てるように。

愛しい人と付き合うように。

考えて、知って、理解していく。ひとつ、ひとつだ。順番に、丁寧に、確実に、なにひとつ見逃さないように細心の注意を払った。

アクセルをこれだけ踏めば、スピードはこのくらいは出るだろう。だいじょうぶ。ちゃんと真っすぐに走っている。ハンドルの遊びは適切か。アバウトだったり、あるいはナーバスになってないか。だいじょうぶ。楽しく走れてる。

そう。この足回りは、こんなイメージで動くの。路面の段差を越えるとき、しなやかに動いて衝撃をいなすのね。細めのタイヤが路面を放さず、すごく優しい挙動をするはず。しっかりと地に足がついてる。

まるで、あの人の生き方の――。

ほら、急なカーブがきた。ギアを落として、ハンドルをきって。タイヤが鳴るほどのスピードじゃない。車体の重心もバランスがいい。うん、気持ちよく旋回している。シートは優しく運転手をホールドしている。

ルーフを外せば、オープンエアの風が心地いい。どう走りたいの？　どこまで走るの？　海を見にいく？　山で星空？　エンジンは爽快に回転を上げる。まるで羽が生えてるみたいにヨタハチは駆けていく。

もっと、もっと、もっと、あなたといっしょに。

その瞬間は、ふいにやってきた。

裕子は、手のひらの汗をぬぐってから、夫が愛用していた工具を握り直した。暑さのせいだろうか。誰かが、そっと手を添えてくれる気がした。男の人にしては、指が長く、しなやかで、優しいぬくもりが伝わってきた。

——秀一さん！

胸の奥が熱くなった。

あの人がいた。こんなところに。

うん、ここの補強には、こういう意味があるんだよ。タイヤを鳴らすなんてスマートじゃないよね。エンジンは載せ替えて正解だね。サスペンションは、あと少しだけ締めて。そうだ。うれしいよ。ここまでわかってくれたんだ。よくがんばったね。

次の休みにはドライブしよう。

悟と三人でいこう。

おしゃれして、はしゃいで、家族で楽しもう。

幸せになろう。そのためにクルマはあるんだ。

好きでした。好きでした。

そんなあなたが好きでした。

クルマをいじっているときに、どんな表情をしているのかさえ、はっきりと見える。

笑っていたはずだ。子供のような無邪気さで——。

生きていた。

ここに、生きた証(あかし)を残してくれたのだ。

十一

残暑が過ぎ去って、秋の気配が日に日に濃くなってきた。

二台のヨタハチが完成したのだ。

博物館のヨタハチは、第三回日本GP仕様を再現している。ホワイトのボディに、ボンネットとトランクの前後はブルーで塗装されている。

秀一の——いまは裕子のものとなったヨタハチは、英国スポーツカーのようなブリティッシュグリーンに再塗装されていた。

「社長、いってきます！」

「おう」

裕子がヨタハチに乗ってテスト走行に出発した。

雄造は排気音に耳を澄ませた。

「ん、いい音だ」

事故車のアルトからエンジンを安く買い、雄造が手塩にかけて組み立て直した。ボディワークは荒井が手がけ、インジェクターは小牧が調整し、マフラーは弘中恵の渾(こん)

身作だ。

こうして耳を澄ますだけで、若者たちの工夫、こだわり、そして成長を肌で実感して、柄にもなく雄造の胸を熱くさせてくれた。

だが、それも終わりだ。

敬司は、自分の会社へ戻っている。

これで借りは返したぜ、と。

いま、工場の中は、がらんとしている。これほど空間があったのかと、いまさら新鮮な思いにうたれるほど広々としていた。

業務の整理もあらかた片づいている。あとは個人的にクルマの面倒を見ると約束した常連客へのケアが残っているだけだ。

廃業の手続きをして、工場も売却する段取りをしなければならない。事務室のパソコンや整理棚、工作機械を処分し、倉庫の中古部品や余剰パーツは同業者に放出だ。

いっそ、さっぱりした気分だった。

ヨタハチを仕上げていく過程で、裕子の表情がどんどん明るくなっていったことも、雄造の心を軽やかにしていた。秀一の気持ちがわかりたいから、といって彼女は整備士になった。

たぶん、その答えを得たのだろう。

そして、裕子と悟がいなくなれば、ふたたび独居老人に戻らなくてはならない。寂しくないといえば嘘になるだろうが……。

そうなれば、ひとり暮らしには広すぎる家と、感傷的な想い出が詰まったガレージも処分して、安アパートの一室でも借りるつもりだった。

「あれ、荒井のとっつぁんは？」

「片づけとか残ってるってのに、どこ徘徊してんすかねえ」

倉庫整理に忙殺されていた小牧と恵が不平顔を並べてやってきた。在庫品を少しでも高く売るため、希少パーツどころかジャンク品まで画像に撮ってはネットオークションに出品し、それなりの収益を上げているようだった。

「ああ、鉄さんは無断欠勤だ」

「んなろ、力仕事を押しつけて逃げやがったな」

「昨日、野暮用とかで出かけたまま戻ってないから、次の仕事先でも探してるのかもしれんが」

「いままで社長の世話になっといて、ずいぶん冷てえじじいだぜ」

「そういえば、昨夜あたしのスマホに酔っぱらった感じで電話かけてきて、ネットオークションは中止だぁとかわめいてたけど……あれなんだったんすかねえ」

「ん？」

と雄造は眉をひそめた。

ヨタハチと入れ違いに、場末（ばすえ）のクルマ工場には似合わない黒塗りの高級車が敷地に入ってきたのだ。トヨタ製の二代目センチュリーだ。

お抱え運転手がハンドルを握るショーファーカーとして製造され、国産車では唯一無二となるV型十二気筒五リッターの大排気量エンジンを誇っていた。

重厚な後部ドアが開き、貫禄（かんろく）のあるスーツ姿の男がのっそりと出てきた。

「誰っすかね？」

雄造は、その顔を知っていた。

「新城工業の社長だな」

「へ？　なにしにきやがったんだ？」

「さあな。ヨタハチの出来でも抜き打ちで視察にきたのかもな」

後部ドアは、さらにふたり吐き出した。

小柄な老人と小太りの中年男だ。

「荒井のとっつぁんじゃねえか！」

「ああ、スキンヘッドのほうは雑誌屋さんか」

「あれれ？　どういうことっすかね？　さては、うちの足もとを見て、妖怪鈑金ジジイをヘッドハンティングって筋書きっすか？」

「けっ、さっそくライバル会社に転職かよ」

「まあ、どこにいこうが鉄さんの勝手だ」

そもそも、会社の規模に差がありすぎて、ライバル関係というほどではない。

「でもよ、社長ぅ――」

まだ不満そうな小牧を、恵が面白がって煽った。

「あー、考えてみたら、銀行がいきなり融資の引き上げってのも妙ですよ。もしかしたら、新城工業が卑劣な工作でもやったんじゃないっすかね？　で、荒井のじいさまが、じつはヤハギを裏切って手引きしてたとか？」

「あんのじじい、裏切ったのかよ！」

小牧は勝手な推測に憤っている。

「まさか……」

雄造は苦笑しつつも、なにが起きたのかと戸惑っていた。

新城工業の社長も含めて、三人は見事な赤ら顔となり、どうやら昼間から酔っぱらっている様子であったのだ。

十二

ヒストリックカー・フェスティバルの開催日――。

雄造は、ツートンカラーのヨタハチに乗って、自動車博物館の駐車場でスタンバイしていた。

助手席には、悟がちょこんと行儀よく座っている。

納入の前に、博物館側の厚意で旧車パレードに参加することになったのだ。

雄造はヨタハチのキーをひねった。

今日の気温なら空燃比を高める必要はない。スターターが低くうなり、ぶるっ、と身震いしてエンジンがかかった。

さあ、パレードの時間だ！

アクセルを踏み、クラッチを繋ぐ。

すぃ、とヨタハチを転がした。

スタート地点では、セリカ１６００ＧＴ、ホンダＳ６００、プリンス・スカイライン、ダットサン・フェアレディ2000、いすゞ・117クーペ、スバル1000、三菱(みつびし)・ギャランGTO、マツダ・コスモスポーツなど、錚々たる名車たちが司会係の紹介アナウンスとともに次々と路上へ送り出されていく。

雄造たちのヨタハチも飾りのついたアーチをくぐってスタートした。

レースではない。

のんびりドライブを楽しめばよかった。

台風一過で、見事な秋晴れであった。そこかしこの路面に残った水溜まりがキラキラと硬質な光を反射している。

空冷水平対向エンジンの乾いた排気音が響く。

快調そのものだ。

歩道のギャラリーたちは、悠然と走行する旧車を見て足を止める。スマホを構えて撮影し、小さな子供たちが手をふってきた。

「悟、手をふってやれ!」

「う、うん」

悟も照れながら手をふり返した。

ふっくらした頬が紅潮している。珍しく、はしゃいでいるようだった。オープンカーだから、走行中に身体が冷えるといけないと心配した裕子が、古い革ジャケットをコートのように着させていた。

「あ！」

悟が声を上げて後ろをふり返った。

雄造の耳にも届いている。

バックミラーにブリティッシュグリーンのヨタハチが映っていた。

「お母さん！」

裕子がハンドルを握り、助手席でビデオカメラを構えているのは弘中恵だ。

ヤハギのヨタハチは改造車だ。

レギュレーション上、ヒストリックカー・フェスティバルにはエントリーできないが、一般車と同じ扱いで路上を走ることはできるのだ。

オリジナル主義のレストア。

そして、個性的なレストモッド仕上げ。

対照的なヨタハチ二台のランデブー走行だった。

「なあ、悟……」

「うん」

「大きくなったら、うちの工場でクルマをいじってみるか？」

「うん！　やりたい！」

無邪気に弾けた返事だった。

雄造の口元もほころんだ。

どうやら、頼もしい後継者ができたようだった。


結局、ヤハギ自動車商会は倒産しなかった。

新城工業の社長が直々に来訪し、ヤハギの借金を低金利融資で銀行から引き継ぐ代わりに、荒井が新城工業に入社することを提案してきたのだ。

スキンヘッド編集長の説明によれば、

『いやあ、新城工業で顔見知りの人に連絡をとって、ボディワークの大名人をお連れしますって吹いたら、なんか立派な応接室に案内されちゃって、新城社長がニコニコして待ってたんです。新城さんは、もちろん荒井鉄也の名前はご存知で、ヤハギ倒産のことも知って残念がってらした。矢作雄造氏が隠居するなんて、業界にとって大損失だとしきりにもったいながって、なんとかならんもんかと——』

そこで、荒井は待っていたかのように、だったらぜひご提案が、と新城工業からの融資話を持ちかけた。新城社長も積極的に興味を示し、クルマ談義にも花を咲かせるうちに盛り上がって、三人で朝まで呑んでいたらしい。

雄造としては、呆れていいものやら、恐縮していいものやら複雑な心境であったが、荒井は人を食ったような顔でうそぶいたのだ。

『考えてみりゃあよ、おれも定年って歳だ。だから、余生は大手の工場で鈑金職人の育成にあたるのも悪かねえなと思ってな』

ともあれ——。

これで社員たちを路頭に迷わせることはなくなった。鈑金名人の退職は痛手だが、荒井の技術が必要なときは新城工業へ外注に出せばいいだけだ。

小牧はヤハギに残り、恵はＷＲＣ好きが高じて国内ラリーに出場するという野望にとり憑かれたらしく、資金作りのために引き続き働いてくれるという。

もちろん、裕子と悟もいっしょに住みつづけることになった。

人は一代。

雄造はそう思っていた。

死んでしまえば、きれいさっぱり消えるだけだ、と。

──だが、なにも遺せないわけじゃない。

なによりも、この孫の笑顔だ。

悪くない。

まったくもって、悪くなかった。

クルマとは、ただの実用品だ。

しかし、人は夢を見る。

夢を継いで、未来に託して、夢見る生き物なのだ。

裕子には、ヨタハチのレストア完成を祝って、雄造から新しいハンドルをプレゼントした。革巻きのクラシックなデザインを選んだ。

雄造は、そのハンドルにあるものを仕込んでいた。誰にも話していない秘密だ。革巻きの内側に、古い写真のプリントを隠したのだ。

場所は矢作家の玄関前だった。

写っているのは五人だ。

秀一と、生まれたばかりの悟を抱えた裕子。

そして、しかめ面をした雄造と、満面の笑みを浮かべた佳奈がいた。

自分がロマンチストだと思ったことはないが、レストアの最終的な仕上げとして、どうしてもそれが必要だと思ったのだ。

雄造は、願わずにはいられなかった。

なんでもいい。

たったひとつのことでいい。たったひとりのことでいい。

悟には、好きなことを、好きなものを、大好きな人を、愛せる大人になってもらいたかった。それだけで、だれでも幸せになれる。最高に輝く人生になる。簡単なことだ。手遅れなんてことはない。

手放しても、落としても、また拾えばいい。

壊れても、直せばいいだけだ。

いつだって、やり直せる。だから、さあ、いこうじゃないか。その顔を上げて、小さな胸を張って、ほら……。

「はっ!」

笑いの発作が弾け、悟がびっくりして眼を見開いた。

「はははは!」

雄造は笑いつづけた。

子供のような、あけっぴろげの笑顔で――。

アクセルを踏んだ。

「ぶぅん！」

悟が、高らかに歌った。

―――本書のプロフィール―――

本書は、小学館文庫のために書き下ろされた作品です。

小学館文庫

レストア家族

著者　新美　健

二〇二四年一月十一日　初版第一刷発行

発行人　庄野　樹

発行所　株式会社　小学館

〒一〇一-八〇〇一
東京都千代田区一ツ橋二-三-一
電話　編集〇三-三二三〇-五九五九
　　　販売〇三-五二八一-三五五五

印刷所 ―― 中央精版印刷株式会社

ISBN978-4-09-407323-2